COLLECTION LEMERRE ILLUSTRÉE

PAUL BOURGET

Un Scrupule

Illustrations

de

MYRBACH

gravées

par

L. ROUSSEAU

PARIS

ALPHONSE LEMERRE, ÉDITEUR

23-31, Passage Choiseul, 23-31

1893

Un Scrupule

COLLECTION LEMERRE ILLUSTRÉE

PAUL BOURGET

Un Scrupule

ILLUSTRATIONS DE MYRBACH

GRAVÉES PAR L. ROUSSEAU

PARIS
ALPHONSE LEMERRE, ÉDITEUR
23-31, Passage Choiseul, 23-31
1893

UN SCRUPULE

(Deux nouveaux fragments du journal de François Vernantes.)

A Maurice Barrès.

VOUS *m'aviez demandé, mon cher Barrès, voici longtemps, s'il ne restait pas dans les papiers de mon regretté François Vernantes quelques pages que je pusse joindre à celles publiées déjà sous le titre de* Madame Bressuire *dans les* Pastels, *et de* Marcel *dans les* Nouveaux Pastels. *Vous aviez éprouvé, me disiez-vous, quelque plaisir à ces frag-*

ments d'un monotone journal intime, qui me paraissaient, je l'avoue, manquer un peu de large et vivante humanité. Il convient d'ajouter que je ne suis pas un très bon juge, ayant passé des années à essayer de guérir ou d'atténuer en moi la maladie morale dont mon vieil ami a tant souffert, cet Hamlétisme *sentimental qui l'a rendu incapable d'une passion complète, d'une volonté suivie, d'un talent définitif. Peut-être la grande loi physiologique du balancement des organes est-elle plus vraie encore dans l'ordre de la psychologie. Nous ne possédons qu'une somme limitée de force vitale au service de nos facultés d'âme, et Vernantes avait usé, lassé, comme tari toute la sienne dans cet étrange abus de la nuance qui fut sa volupté préférée. Les travaux du Conseil d'État auxquels sa jeunesse s'astreignit n'étaient pas d'un intérêt suffisant pour développer en lui l'ambitieux. Ses dispositions très réelles, mais très moyennes, pour la littérature auraient exigé l'aiguillon de la nécessité pour aboutir à une véritable œuvre, — et il était riche. D'ailleurs, homme d'action ou homme de plume, eût-il goûté la vie avec une acuité de délicatesse égale à celle qu'atteste ce journal de ses mièvreries, de ses avortements, de ses hésitations, mais aussi de sa constante demi-griserie sentimentale? Cette question, je me la suis posée une fois de plus en relisant les nouveaux fragments que je vous envoie, mon cher ami, et qui sont encore l'histoire d'une « raison pour ne pas aimer », comme* Madame Bressuire *et comme* Marcel. *Vernantes avait jugé lui-même que ces deux morceaux formaient une façon de petit roman, car il avait mis ces feuillets dans une chemise de papier blanc avec cette double inscription :* Un Scrupule *ou* La petite sœur de la grande Aline. *J'ai maintenu le premier de ces deux titres et n'ai supprimé de cette confession que vingt-cinq lignes d'un caractère trop vif. Notre ami — laissez-moi lui donner du* notre, *quoique vous ne l'ayez pas connu, puisque vous l'aimez — n'avait jamais été un libertin; mais son sentimentalisme se doublait volontiers de sensualité, comme chez tous ceux qui pratiquent l'art de se troubler profondément le cœur, et dans ces pages intimes, il ne reculait pas toujours de-*

vant des notations qui ne supporteraient point l'imprimé. C'est une preuve de plus qu'il tenait vraisemblablement son journal pour lui tout seul. Cette incroyable excentricité méritait d'être signalée, quand ce ne serait que pour justifier la longueur, les répétitions et l'incohérence de ces deux fragments, dont je souhaite qu'ils vous plaisent autant que les précédents. Et excusez les fautes du copiste qui a dû déchiffrer, pour les transcrire, un griffonnage presque aussi illisible que celui de Beyle. Demandez-en un spécimen à l'archiviste du Stendhal-Club, *l'aimable Casimir Stryienski !*

P. B.

PREMIER FRAGMENT

Paris. Nuit du 7 au 8 janvier 188..

... QUELLE machine singulière que celle qui me sert de système nerveux et qu'en penser moi-même ? J'ai fait la guerre et je ne me souviens pas d'avoir jamais dormi d'un sommeil plus intense qu'à la veille de Coulmiers, — sur une table de bois, dans une salle de ferme ouverte au vent, alors que je devais le lendemain assister à ma première bataille! J'ai eu un duel pour les beaux yeux de cette pauvre Pauline Raffraye, dont je n'étais pas l'amant, et j'ai dormi de même, dans la nuit qui précédait cette absurde affaire, de ce sommeil assommé qu'un coup de canon ne réveillerait pas. Et la moindre petite émotion sentimentale, pas même, le simple souvenir d'une émotion suffit à m'ébranler ces pauvres nerfs à une telle profondeur que me voici, à deux heures du matin, ayant rallumé moi-même le feu dans la cheminée de ma bibliothèque et en train de griffonner sur ce *memorandum* abandonné depuis des jours, comme si j'étais un poète de dix-huit ans. — Hélas! j'en ai trente-huit et je ne saurais plus aligner deux vers! — Mais trop de choses ont été remuées dans mon souvenir ce soir, et il faut que j'emploie le seul procédé qui me les détende, ces nerfs malades, dans des occasions pareilles. C'est encore une anomalie, ce frénétique besoin de noircir du papier quand je suis dans un certain état d'excitation que je connais trop bien. Pourquoi? Comment?... J'ai renoncé depuis longtemps à trouver le mot, ou les mots, de mes énigmes intérieures. Si les années ne m'ont pas aidé à me comprendre, elles m'ont du moins aidé à m'accepter. Est-ce un progrès? Est-ce une décadence? Quel philosophe démontrera que ces deux mots ne sont pas synonymes?

Du diable si je m'attendais à cette attaque de *sentimentalité* aiguë qui m'inflige cette peu hygiénique insomnie, en entrant au club, il y a juste sept petits quarts d'heure. Je sortais du Théâtre-Français. J'y avais écouté du Marivaux, — c'est l'auteur dramatique dont je préfère la sensibilité à celle de tous les autres, parce que l'émotion lui donne de l'esprit, — et joué, ah! délicieusement! par cette coquine de Colette Rigaud de qui je sais vingt histoires affreuses. — Seconde énigme et plus inexplicable que celle de mes nerfs! Comment comprendre cette métamorphose quotidienne et à minute fixe d'une cabotine en une vraie grande dame et d'une drôlesse en un petit être fin, subtil, nuancé et qui vibre juste? Deux touches de rouge aux pommettes et sur les lèvres, une couche de kohl aux paupières, une mouche au coin de la joue, une perruque poudrée sur les vrais cheveux, un costume d'il y a cent ans, le gaz de la rampe, les trois coups de l'avertisseur et le songe du plus quintessencié des poètes marche et sourit, parle et soupire devant vous, au lieu et place de la fille abjecte qui disait des gueulées dans sa loge entre deux *sportsmen* spirituels comme leurs chevaux. Quel conseil de jouir des apparences sans rien leur demander que d'être un prétexte à une rêverie invérifiée!... J'eusse été certes plus sage de rentrer rue Murillo sur cette jolie sensation. Mais j'avais faim. Le cercle était sur ma route. Le temps de prendre un bouillon un peu plus authentique qu'au restaurant et de déchiqueter une aile de perdreau froid, — cet innocent programme ne semblait pas dangereux. Et je l'eusse réalisé, bourgeoisement, si je n'avais choisi pour gagner la salle à manger l'enfilade des salons de droite au lieu de suivre ceux de gauche. Car alors je n'aurais pas rencontré Mazurier qui se préparait lui-même à sortir et nous n'aurions pas échangé le bonsoir qui va me coûter une nuit de bon sommeil. C'est pourtant comme les séances au théâtre où je ne m'ennuie pas à avaler ma canne, ces nuits-là. Je commence à les compter.

— « Tiens, » me dit cet homme aimable avec le plus joyeux étonnement, « vous êtes à Paris... C'est une chance... Allons-nous souper avec quelques bébés ?... Il y en a toujours un lot dans un bar que je connais... »

— « Vous ne vous rangerez donc jamais ? » lui répondis-je.

— « Jamais ! » répliqua-t-il avec son bruyant rire dont la jovialité éclaira comme d'un reflet sa rouge figure d'athlète sanguin de quarante-cinq ans. Tel je l'ai connu au quai d'Orsay dans notre petite salle, au

quatrième étage de ce palais aujourd'hui brûlé, tel il est resté, l'infatigable et invraisemblable soupeur qui n'est content qu'assis à une table de restaurant de nuit entre des créatures qui finissent de fouetter leurs rancœurs professionnelles à coup d'alcool et des camarades chauffés à blanc par le whisky, lesquels parlent d'aller voir lever l'aurore chez un marchand d'huîtres des Halles! Vingt ans de cette existence n'ont pas lassé Mazurier qui joint à ces goûts de noctambulisme un goût plus singulier. — Mais comment le définir? — Un mot grossier serait inexact, appliqué à la plus étrange et à la plus désintéressée des manies, celle de présider à des mariages très morganatiques et très momentanés. Cet excellent homme n'a jamais pu entendre les confidences d'une belle-petite dans le malheur sans soulager ce malheur dans la mesure où le lui permet la rigueur du plus mérité des conseils judiciaires et sans essayer de s'entremettre auprès de quelque camarade : « Si vous n'avez pas de bourgeoise en ce moment, vous devriez bien songer à la jolie... » Et il la nomme, et il vous détaille ses charmes comme un maquignon fait les talents d'un cheval, et, s'il aperçoit un certain éclair dans votre œil, il vous invite à dîner avec elle! — Décidément, je ne vois que des énigmes aujourd'hui! Comment expliquer qu'avec cela Mazurier ne touche jamais le coupon de reconnaissance que ces faciles clientes seraient prêtes à lui payer en nature, et qu'il ne fasse pas une infidélité à Mme de Rugle, sa maitresse, — une femme de cinquante ans, et finie, et qui l'a trompé ! Il l'aimait déjà quand nous étions au Conseil d'État. — Et à cette époque déjà je lui répondais ce que je lui répondis dans cet angle de salon du club :

— « Vous avez une de vos laissées pour compte à me proposer ?... »

— « Il a presque deviné, » dit-il en riant plus haut encore. Puis, avec un air de malice : « Non. Pas pour ce soir. Ce soir, c'était l'inconnu... C'est vrai que les oreilles ont dû vous tinter pas plus tard qu'avant-hier, car nous avons beaucoup parlé de vous... Et si je vous avais su dans nos murs, je vous aurais écrit... Voyons, puisque vous me lâchez à présent, quand voulez-vous que nous dinions avec Blanche de Saint-Cygne ? »

— « Je ne sais pas de qui vous voulez parler, » lui dis-je, « et je ne connais pas l'objet... Mais quel nom !... »

— « C'est un peu jeune, » fit-il en riant toujours, « mais elle peut se permettre cette fantaisie. Elle est aussi jeune et aussi blanche que ce nom, et des yeux, et des cheveux, et des dents, et une taille !... Ah ! elle ira loin si elle ne fait pas de bêtises... C'est Machault qui l'a lancée... Elle est avec le petit de Brèves, maintenant. Il en est pour sept cent mille francs déjà, mais ça n'empêche pas les sentiments. Le fait est que si vous ne la connaissez pas, elle vous connaît. Elle est même amoureuse de vous, tout simplement, et elle m'a supplié, vous entendez, supplié de vous faire dîner ensemble quand elle sera libre... C'est la saison des chasses, l'époque est excellente. De Brèves est toujours absent. Allons, fixez le jour... »

— « Voilà qui est un peu fort de café, » l'interrompis-je, « pour parler comme on parlait sans doute dans la loge où a pris racine la noble lignée des Saint-Cygne. Mais quel nom !... Je vous répète que je ne la connais pas et par conséquent elle ne peut pas être amoureuse de moi. Donc vous me mystifiez, mon cher Mazurier, ce qui n'est pas permis entre vieux collègues, et d'un. — Ensuite je ne dîne et ne soupe plus en compagnie de ces demoiselles, même avec vous pour amphitryon. J'ai une vieille camarade qui vient quelquefois manger chez moi la soupe et le bœuf, et c'est déjà trop. Jugez! Et de deux... Enfin je compte aller dans le Midi, au premier jour, réchauffer mes rhumatismes au soleil. Et de trois... Là-dessus, bonsoir et merci. »

— « Je n'ai pas fini ma commission, » répondit-il en prenant la main que je lui tendais. « La preuve que Blanche vous connaît bien, quoique vous fassiez l'assagi, — gardez donc ce rôle-là pour des maris jaloux, — c'est qu'elle a prévu vos hésitations. — Et s'il ne veut pas, a-t-elle ajouté, tu lui diras que je suis *la petite sœur de la grande Aline*. Et il viendra. — Et vous viendrez. Je le vois à votre figure. Est-ce exact? »

— « C'est exact, » répliquai-je, si stupéfié par ce que je venais d'entendre que je balbutiai : « Franchement, je ne pouvais pas deviner, » en répétant : « La petite sœur de la grande Aline. Et vous me dites qu'elle est entretenue par le petit de Brèves, le bas de plafond, celui qui fait courir ?... »

— « Notre Hector lui-même, » répondit Mazurier.

— « Et qu'elle est tout à fait lancée ? »

— « Il n'y a pas mieux : petit hôtel rue de Prony, petit coupé, des chevaux hauts comme ceci et des diamants grands comme cela... Et nippée !... Gladys, qui a le mauvais goût d'en être jalouse, l'appelle : Sottise et Mâlines. Mais il n'y a de vrai que le second de ces mots... »

— « Hé bien ! » fis-je après un silence, « c'est assez piquant en effet ! C'est même très piquant... Je vous conterai cela un jour, mon brave Mazurier, et en attendant, j'accepte. Voulez-vous mardi ?... »

— « Va pour mardi ! A huit heures chez moi. Nous serons mieux qu'au restaurant. Et qui voulez-vous ?... »

— « Qui vous voudrez, » lui dis-je,

« pourvu que je puisse causer avec *Sottise et Malines*... Je vous promets de vous mettre au courant... »

— « Pas besoin. Je sais que ce sera un dîner de noces, et cela me suffit, » fit-il en riant. Puis avec solennité : « Ainsi donc il y a promesse de mariage entre Mademoiselle Blanche de Saint-Cygne et Monsieur François Vernantes ici présent. Voilà ce que je vois de plus clair dans cette conversation et qui me fait bien plaisir, mon cher François. Elle est si mignonne, cette petite, et de Brèves, c'est une position, — mais vraiment, ce n'est que cela... »

Il rit encore de son gros rire en jetant cette petite phrase qui m'absolvait d'avance de profiter, moyennant un peu de gentillesse et quelques cadeaux, du fond de luxe payé par l'amant sérieux. A force de fréquenter les créatures, cet homme, fils d'honnêtes bourgeois et le plus honnête des bourgeois lui-même, a pris d'elles leur commode morale en matière d'amour, et n'en usant pas pour son propre compte, il y a une sincérité candide dans sa conception du partage presque obligatoire. Je fis moi-même écho à son rire machinalement, et nous nous quittâmes. S'il se doutait du trouble maladif où m'a jeté le message dont sa complaisance s'est si volontiers chargée? S'il s'en doutait?... Hé bien! Il me comprendrait peut-être. Car l'amant fidèle d'une femme de cinquante ans et qui ne veut pas la désespérer en la quittant, parce qu'il se sait son dernier bonheur, doit être romanesque à sa manière. Mais, confident pour confident, une feuille de papier vaut toujours mieux qu'un ami, elle nous soulage autant — et elle se tait. Le peuple a un proverbe profond : « Le papier souffre tout! » La petite sœur de la pauvre Aline devenue une impure de grande marque, et me faisant dire par Mazurier que je devrais bien venir souper avec elle, de quelles ironies le hasard n'est-il pas capable! Et que je devrais trouver cela piquant, en effet, excessivement piquant, comme je l'ai dit tout à l'heure à ce délicieux compagnon, qui, en ce moment-ci, dort à poings fermés, avec la conscience de sa mission remplie !

... De tout Cythère
Sois le courtier.
Ami Robin, quel bon métier !...

Des bataillons de filles heureuses par ses soins devraient bercer ce paisible sommeil par ce refrain étonnant de notre ex-poète national, et siffler ma mélancolie à moi par certain refrain moins truculent, mais trop exact :

Qui n'a pas l'esprit de son âge
De son âge a tout le malheur...

Oui, à trente-sept ans passés, si passés qu'ils confinent aux trente-huit, avoir gardé cette sensibilité folle qui fait qu'un incident de cette vulgarité me laisse tout vibrant de rêves, tout frémissant de mélancolie ! J'aurais connu Aline et sa petite sœur il y a trois mois, six mois, un an, cela aurait du sens. — Oh ! Pas beaucoup ! — J'aurais aimé l'une ou l'autre, ou l'une et l'autre, cela aurait du sens encore. Mais je n'ai aimé ni l'une ni l'autre, je n'ai pas été lié avec elles plus de quinze jours, et tant d'années, dix ou douze au moins, sont tombées de leur poids si lourd sur cette aventure qui n'en fut pas une, sur cette débauche qui fut une idylle, sur cette charité qui commença par la plus médiocre des faiblesses. Il tient un peu de ce que représentent ces mots disparates dans les visions qui m'obsèdent en ce moment. Fixons-les du moins avant qu'elles ne s'évanouissent tout à fait ou qu'elles ne soient remplacées par d'autres, dans ce journal qui sera le livre d'images de ma seconde enfance, — si aux trente-huit ans succèdent les quarante-huit, puis les cinquante-huit, puis les soixante-huit, et puis... Et puis vous ne connaitrez plus les insomnies, en ce temps-là, monsieur Vernantes, et peut-être aurez-vous comme unique avocat pour plaider votre cause auprès du Juge qui ne se trompe pas la silhouette de cette petite fille que vous avez connue quand elle avait quinze ans et dont Mazurier vient de vous parler... Ce serait plus étrange encore que le reste. Mais y a-t-il un « et puis », une fois le dernier soupir poussé, et y a-t-il un Juge ?...

A coup sûr je ne me posais pas ces questions le soir où j'eus pour la première fois le plaisir de reconduire Aline chez elle dans l'appartement qu'elle occupait rue Linné, près du Jardin des Plantes. Le soir ? Non. Mais la nuit, et une nuit de Noël qui fut aussi — telles étaient ses mœurs — celle où j'eus l'honneur de lui être présenté... Les ténèbres de ma mémoire se dissipent et je retrouve la sensation de chaleur qui me prit au visage en entrant dans le cabinet de restaurant où trois camarades et leurs maîtresses m'avaient donné rendez-vous, — oui, juste quatre Noëls avant celui de la guerre, par un temps froid et sec, presque tout pareil à celui d'aujourd'hui. C'était une de ces trois aimables personnes qui avait organisé ce réveillon et qui nous avait annoncé une « payse » à elle pour nous divertir. Je l'entends encore :

— « Je l'ai rencontrée l'autre jour, dans une tournée que nous avons faite au Quartier Latin. Dame ! ça n'a pas beaucoup de *galbe*. » C'était le mot à la mode à cette lointaine époque. « Ça s'habille comme un trottin et sans *chic* aucun... Mais ce que c'est joli, et frais, et drôle ! Et puis elle chante. Vous l'entendrez, mes enfants... »

Ce boniment en style de cuisinière ne pouvait guère me faire prévoir la surprise qui m'attendait dans ce petit salon du cabaret que nous avions choisi pour la circonstance, tout près du Quartier — tout court, comme disaient alors ses habitantes, — au coin d'une des rues qui donnent sur le quai. On y mangeait bien à cette date, et les magnifiques exemples de fautes d'orthographe gravés sur les glaces avec des diamants de bague attestaient une clientèle de l'ordre — ou du désordre — le plus commun. Une bacchanale d'amours vêtus de pampres et coiffés de chapeaux à haute forme, peinte sans doute par quelque rapin génial et facétieux pour payer une note en retard, courait en frise autour de ce salon meublé d'un meuble de velours outrageusement fripé. Au milieu était dres-

sée une table de huit couverts. Et c'est dans ce décor de la plus banale orgie que j'aperçus la plus adorable tête d'un Prudhon vivant qui ait jamais souri hors des toiles de ce peintre unique qui fut le poète du rêve tendre dans la sensualité. Je ne me souviens plus si Aline portait une de ces toilettes de trottin stigmatisées par sa payse, et c'est bien probable ! Mais son jeune corps était si souple, qu'elle eût donné de la grâce à des confections de vingt-cinq francs. Et puis, je ne vis d'elle à ce premier moment que son visage. Il était un peu long, avec des joues un peu rentrées, une bouche sinueuse, un nez droit, des yeux bruns et veloutés sous un front un peu large, et des cheveux ondés, de couleur brune avec des reflets blonds. Une précoce fatigue avait été répandue sur ce visage par d'innombrables parties comme celle de ce soir. Mais le charme de ces traits délicats était si profond, si intimement lié à la nature particulière de cette jolie enfant, que cette lassitude rendait sa physionomie au repos plus attendrissante encore, et plus magique la métamorphose que la moindre excitation opérait en elle. Ses yeux doux et sombres brillaient d'un éclat mouillé, ses lèvres et ses narines s'ouvraient comme pour aspirer la vie, ses dents apparaissaient humides et si fraiches, comme une clarté flottait dans le pli de ses joues. Il était impossible de la voir sourire ainsi sans s'imaginer cette tête sur un oreiller, noyée de volupté, parmi ses cheveux épars. — C'était une fille, et de quelle catégorie! Une campagnarde sans doute séduite par quelque commis voyageur de passage et depuis égarée dans quel milieu, entre des intrigues de brasserie et des aventures d'hôtels meublés d'étudiants! Oui, c'était une fille, et c'était l'Amour! — On dirait que l'ironique et cruelle destinée se fait un jeu de créer ces êtres-là, toute volupté, toute tendresse et toute caresse, précisément pour en faire des victimes vouées d'avance à la pire brutalité de l'homme. Si elles se marient, c'est toujours avec un butor. Si elles prennent un amant, c'est toujours un Alphonse. Et si elles sont dans la galanterie, elles achèvent à l'hôpital, ou dans quelque bouge à soldats, une existence durant laquelle toute la délicatesse de leur fine nature s'est prodiguée en vain à des rustres qui les ont payées et possédées sans comprendre qu'ils avaient à côté d'eux le plus charmant génie féminin, tombé dans l'horrible esclavage de la prostitution. Mais qui pense à jamais distinguer le Sort et les Natures, et à plaindre ces dernières des humiliations que leur inflige cet injuste Sort ?

Je ne philosophai pas si abstraitement à cette table de réveillon, — ou, du moins, si je sentis vaguement ce que j'essaie d'analyser aujourd'hui, ce fut d'une manière toute concrète et toute pratique, car cette sensation des injustices du Sort — avec une majuscule ! — consista simplement à faire la cour la plus immédiate, la plus pratique et, je dois dire, la plus facilement victorieuse à ma jolie voisine. On m'avait mis, en ma qualité d'unique célibataire, à côté d'elle, et j'avais son pied sur le mien dès le second service. Au dessert, je lui avais déjà donné plus de baisers sur ses lèvres rouges qu'il n'y avait de grains de raisin dans les coupes de fruits préparées, — et au café il était déjà convenu que je la reconduirais. En rédigeant sous cette forme cynique ces quelques détails, je me rends trop compte que je ne reproduis rien de ce qui en fit, malgré cette abominable vulgarité, la délicieuse magie. J'ai eu mon lot de maîtresses, moi aussi, dans ma jeunesse déjà trop prolongée, et je pourrais presque me donner pour une manière d'homme à bonnes fortunes. De toutes les *premières fois* il n'en est pas une que je voudrais recommencer de préférence à celle-là, tant cette bohémienne avait des gestes jolis, une si caressante et si attirante manière de se défendre et de céder, de refuser un baiser et de le donner, tant elle avait d'esprit dans ses moindres mots, dans ses silences mêmes, tant il s'exhalait d'elle un effluve de volupté heureuse, tant elle gardait, à son insu, d'originalité dans sa nature demeurée enfantine et populaire à travers sa vie, — sauvage et fin bouquet de saveur rustique qui acheva de m'ensorceler! — Son amie avait eu raison de nous annoncer qu'elle chantait divinement. Car vers la fin de ce réveillon où elle nous avait tous divertis par le je ne sais quoi de naturellement grisant — comme une odeur de foin coupé — qui flottait autour d'elle, et quand on lui de-

manda de « montrer ses talents », elle s'accouda sur la table, et les yeux perdus, d'une voix frêle mais qui tintait si juste, elle commença. J'appréhendais quelques-uns des airs d'opérette alors en vogue, notamment l'horrible pont-neuf du *Petit Faust* ou de l'*Œil crevé* : « ... *Il se contente alors d'embrasser sa carrière !...* » Oh ! l'imbécile cauchemar ! Mais non. Ce petit rien de génie qui brûlait dans Aline lui avait fait comprendre le charme des simples chansons populaires qu'elle avait dû chanter toute jeune en Anjou, sa province natale. Il y en avait une que nous lui fîmes répéter à six ou sept reprises. J'ai dans le cœur la petite défaillance mortelle d'un souvenir trop doux en me la rappelant. C'était l'histoire d'une fille de roi qui causait avec des marins et qui leur décrivait une goëlette « *partie pour la guerre — avec son bel amant* » et le refrain était à peu près :

... De trente matelots
Sur le bord de l'île,
De trente matelots
Sur le bord de l'eau...

La fumée du tabac emplissait la chambre. Les verres de chartreuse et d'eckau engluaient la nappe. Les créatures qui nous entouraient étaient bien infâmes, et nous-mêmes nous avions un peu estimable emploi de soirée pour des garçons de vingt-cinq ans qui venaient d'apprendre Sadowa... Tout cela est vrai et je le comprenais sur le moment même, moi qui avais voyagé en Allemagne et qui prévoyais dès lors l'inévitable conflit. Et pourtant la voix du Prudhon dégradé était si fraiche! Cette fille d'un pays tout voisin de la mer voyait si distinctement de ses yeux bruns le bord verdoyant de l'île, et ce bord bleuâtre de l'eau, et la fine goëlette avec sa blanche voilure prise dans le vent du large! Son instinct d'enfant du peuple lui faisait si profondément sentir la puissance de légende cachée derrière les mots naïfs de sa chanson que cette impression m'est devenue inoubliable!... Ce qui s'est dit au juste, cette nuit-là, je ne saurais le formuler, ni de quels propos mes amis et leurs maîtresses accompagnèrent ces couplets sans rime ni mesure. Mais je sais que dans le coupé qui nous emportait, après le souper, du restaurant vers le petit appartement d'Aline, je la serrais dans mes bras, *comme si je l'aimais*. J'éprouvais à cette minute, une fois de plus, la sorte d'ardeur mêlée d'une âcre tristesse que j'ai toujours eue à tenir auprès de moi, m'appartenant pour une heure, une femme dont je sentais que si la vie eût été autre pour elle, elle fût sans doute devenue mon grand amour. C'est le symbole de toute mon existence de cœur, de cet avortement constant de mes passions, que ce triste *si!* Au fond de tous les vases où j'ai voulu désaltérer ma soif de sentir se cachait une fissure invisible par où j'ai pu regarder s'écouler la liqueur divine qui m'eût enivré tout entier. Après tout, était-elle dans ces vases, la fissure, ou bien dans ce cœur pour qui ce fut toujours un funeste besoin de se désenchanter aussitôt qu'il a commencé d'être séduit?

A vrai dire, pour un Épicurien pratiquant, comme j'étais alors, habitué à ne jamais séparer l'idée du luxe de celle de l'amour, la maison où me conduisait ma conquête de cette nuit de Noël, si mal employée, n'était pas pour prolonger mon ensorcellement de la première heure. Nous descendîmes de la voiture que j'avais commandée au club afin d'arriver plus vite, devant une porte minable qui mit du temps à s'ouvrir. Cette porte ouverte, je vis avec stupeur Aline chercher sous les marches de l'escalier un bougeoir et des allumettes. La petite flamme qui trembla bientôt à la pointe de la mèche fumeuse éclaira du même rayon son sourire toujours prudhonien, mais aussi les marches d'un escalier en pente raide, maculées de boue et à peine cirées. Je regrettai d'avoir dit au cocher de rentrer et la perspective de l'appartement où j'allais dormir commença de me faire regretter d'avoir joué au *griset* avec cette dernière grisette qui m'avait pris la main et qui me disait :

— « Ne fais pas trop de bruit, car il y a des locataires bien grincheux et on a déjà failli me donner congé. A moi, ça ne serait encore rien, mais c'est rapport aux concierges qui sont de si braves gens!... Allons, encore un étage... Tiens la bougie, nous voici arrivés. Je vais entrer la première et t'allumer la lampe... »

O goëlette partie dans le vent, le perroquet debout, ô bords verdoyants de l'île, ô bords bleuâtres de l'eau, ô fille du roi pleurant son bel amoureux, qu'étiez-vous devenus? Mais j'étais jeune et Aline était jolie. Rappelé à la réalité de cette existence de fille, je me mis moi-même à rire intérieurement de l'espèce de demi-folie qui m'avait attendri sur elle et à regarder autour de moi, d'abord dans la petite antichambre, plus proprette, ma foi, que je ne l'eusse imaginée d'après l'escalier, puis dans la chambre à coucher où elle m'avait introduit. Ce modeste et gentil réduit ne ressemblait guère à certain gynécée somptueux dont j'étais alors l'hôte assidu, mais je n'eus point le loisir de pousser cette comparaison, car presque aussitôt, Aline ayant relevé et ranimé la mèche d'une lampe baissée qui l'attendait, mon attention fut attirée par un soulier posé au coin du feu où finissait de s'écrouler une bûche. C'était un soulier trop grand pour être celui d'un enfant, trop petit pour être celui d'une femme, — un soulier qui avait dû beaucoup marcher, car le talon en était un peu tourné de côté, et l'empeigne passablement fatiguée, quoique le cuir fût fort convenablement ciré et que la peau noire de l'intérieur ne montrât pas trop d'éraillures. — Un moment je songeai que c'était sans doute de la part d'Aline un procédé détourné pour réclamer de l'amant qu'elle

ramènerait un cadeau un peu plus géné-

reux, à cause de la date! Mais l'ayant regardée tandis qu'elle commençait de se déshabiller devant son armoire à glace, je constatai que le petit soulier quémandeur était vraiment trop petit pour lui appartenir. D'autre part le Prudhon était trop jeune pour avoir déjà une grande fille. La curiosité la plus naturelle me fit donc lui demander, en lui montrant cet inexplicable objet du bout de ma canne :

— « Qu'est-ce que c'est que cela ? »

— « Cela ? » dit-elle en me vouvoyant ou me tutoyant au hasard de ses phrases. « Dieu ! Vous êtes gentil de m'y faire penser ! Mais c'est le soulier de la petite. Et moi qui oubliais son Noël... » Et allant chercher sa robe qu'elle avait déjà appendue sur un porte-manteau dans un petit cabinet attenant à sa chambre, elle tira de la poche un paquet enveloppé de papier, de ce papier une boite, et de cette boîte une chainette d'or à laquelle était attachée une croix, et avant de mettre ce bijou dans le soulier : « N'est-ce pas que tu trouves cette chaine jolie ? » me demanda-t-elle.

— « Mais qui est la petite ? » interrogeai-je au lieu de répondre.

— « C'est ma sœur, » fit-elle ; « vous ne saviez pas ? »

— « Elle est avec toi ? » lui demandai-je.

— « Oui, » fit-elle encore, « depuis six mois. »

— « Et quel âge a-t-elle ? » insistai-je.

— « Seize ans aux cerises, » dit-elle en employant une de ces locutions de paysanne qui lui étaient familières. « Mais tu lui en donnerais déjà une pièce de dix-sept ou dix-huit. C'est un si beau brin de fille. »

— « Et elle couche dans l'appartement ? »

— « Dans la chambre qui est de l'autre côté de la salle à manger, » répondit-elle. « Ah ! N'ayez pas peur de parler, » continua-t-elle, car j'avais baissé la voix involontairement pour lui poser cette question. « Elle dort si bien ! Jamais elle ne se réveille... Mais tu la verras demain. C'est elle qui t'apportera ton chocolat ou ton café... Tu ne m'as pas dit ce que tu préférais. Il faut que je le lui écrive sur un papier que je mettrai sur le buffet de la salle à manger. »

— « Je prendrai ce que tu prendras, » lui répondis-je.

— « Oh ! » dit-elle, « c'est que, depuis que la petite est ici, elle me trempe la soupe tous les matins, comme chez nous... »

— « Va pour la soupe, » fis-je en riant. « Et comment s'appelle-t-elle, ta petite sœur ? »

— « Blanche, » dit-elle.

— « Et elle est pieuse ? » demandai-je après un silence en montrant la croix dont l'or brillait sur le noir du soulier.

— « Très pieuse, » répondit Aline ; « mais que faites-vous ?... » Tandis qu'elle parlait j'avais tiré mon portefeuille. Elle rougit jusqu'à la pointe de ses fines oreilles. Était-elle jolie sous la masse crêpelée de ses cheveux défaits maintenant ! Je compris qu'elle s'était trompée sur mon geste :

— « Je veux joindre mon cadeau de Noël au vôtre pour la petite, » lui dis-je ; et je mis dans le soulier un billet bleu en ajoutant : « Elle a bien quelque tirelire dans un coin... »

— « C'est moi qui la lui garde, » dit

Aline. Et avisant un secrétaire dans un coin de la chambre, elle saisit dans un des tiroirs une grosse pomme de faïence avec une fente sur le côté. Elle la fit sonner à mon oreille, et, saisissant le billet bleu, elle le glissa dans cette naïve boite à trésor. « Tous les deux mois je la casse, » dit-elle, « et ce qu'il y a, je le lui place sur son livret. Il faut qu'elle ait une dot pour ses dix-huit ans. Je la ramène chez nous alors... C'est à deux lieues d'Ingrandes... Là-bas on ne sait pas comme je vis. Maman me croit couturière... Je marierai Blanche à un brave garçon... Pas un ouvrier, on ne peut plus les supporter quand on a vécu avec des messieurs, » ajouta-t-elle en hochant la tête. « Mais il y aura bien un employé pour vouloir d'elle. Elle sera si jolie, et douce, et sage! Car j'y ai l'œil, tu comprends. » Et gaiement, avec un éclair de tristesse et de gaminerie à la fois : « Je m'y connais!... Je ne serai plus jeune alors, et quand on n'est plus jeune dans le métier que je fais, ce n'est pas trop gai... Ce n'est même pas toujours gai quand on est jeune. Je me retirerai auprès d'eux. Je me referai couturière. J'ai appris, tu sais... » Elle se tut et ses yeux bruns souriaient à l'image d'honnêteté bourgeoise et provinciale qui se peignait devant son rêve, et puis elle me regarda. Le cadeau que j'avais fait à la petite sœur avait sans doute achevé de l'attendrir, car elle s'assit sur mes genoux, et m'enveloppant la tête de ses beaux cheveux parfumés et souples, elle me dit : « Comme tu es bon ! Je sens que, si tu veux, je t'aimerai tant !... »

Évoquant, comme je viens de faire, cette conversation dans cet endroit, à cette heure, parmi de telles circonstances, et me connaissant tel que je me connais, je demeure étonné qu'elle ne se soit pas terminée sur un départ immédiat, — tant j'y trouve aujourd'hui de navrante mélancolie. Sur le moment même j'éprouvai bien une impression de vague remords au voisinage que m'avait révélé Aline avec un si singulier mélange d'inconscience et de bonhomie. Mais j'étais jeune. Nous avions soupé au champagne, et la délicieuse fille avait dans les yeux de quoi troubler un plus raisonnable que l'assoiffé d'émotions inédites qui caressait dans la solitude de la nuit ses longs et vivants cheveux. Je me dis ce que l'on se dit quand on a la morale facile des vingt-cinq ans, que si je ne passais pas la nuit avec elle, un autre la passerait, qu'après tout je n'étais pas chargé de surveiller ses relations de famille. Je me dis... Ou plutôt je cessai de me dire quoi que ce soit, et le résultat fut que je me réveillai le lendemain matin, dans cette chambre de hasard, encore tout vibrant de caresses, vibrant mais si lassé! Et seulement à cet instant-là j'éprouvai cette impression d'une très vilaine histoire que j'aurais dû ressentir la veille et qui d'ailleurs ne tint pas devant la rentrée, dans la chambre, de ma maîtresse d'une nuit. Car Aline s'était levée durant mon sommeil. Elle avait fait sa toilette. Puis elle m'avait entendu remuer, et elle arrivait, rafraîchie par l'eau, les dents blanches dans son sourire, un peu fanée pourtant

par le souper de la veille et par nos folies, mais c'était toujours, avec la pâleur nacrée de son teint, avec ses yeux tendrement creusés, avec les masses mal nouées de ses cheveux, la magicienne qui m'avait ravi au premier regard, et elle donnait de la grâce même à une « matinée » de flanelle rose, et à un jupon de satinette noire élimé aux plis ! Ses petits pieds chaussés de bas de soie havane jouaient dans des mules algériennes achetées au rabais dans quelque bazar, — et elle était plus délicieusement jolie encore, et gaie et rieuse !... Elle ouvrit les volets tout grands. Le soleil entra dans la chambre, un rayonnant soleil d'hiver qui éclaira devant moi les vertes profondeurs sombres du Jardin des Plantes d'où s'échappaient des cris de bêtes, et Aline disait :

— « N'est-ce pas qu'on ne se croirait plus à Paris ? Tu comprends pourquoi je t'ai demandé de ne pas faire de bruit ?... C'était pour moi aussi, car s'il me fallait quitter cet endroit, ça me fendrait le cœur ! Mais ne te lève pas. Blanche va t'apporter ta soupe... Et si tu ne l'aimes pas, elle t'a fait du café... Tu sens la bonne odeur ? Nous le brûlons nous-mêmes, nous en sommes si gourmandes... C'était le seul luxe de bonne-maman, qu'elle avait pris d'une vieille dame chez qui elle avait servi. Elle nous a passé ce goût... Blanchon-Blanchette, Blanchette-Blanchon... »

Elle appelait sa petite sœur ! J'avais déjà

bien couru le monde et le demi-monde, à cette époque, et je me serais profondément moqué de moi-même, — ô étrangeté des renversements de conscience propres à la jeunesse ! — si je n'avais trouvé tout naturels les compromis quotidiens de l'adultère, par exemple. Oui, on dirait qu'autour des vingt ans et dans une certaine classe sociale la rigueur intransigeante de l'honnêteté, ou tout simplement sa délicatesse, soit un ridicule et une niaiserie quand il s'agit des choses de l'amour. Il faut avoir vécu et constaté à quels drames sinistres de la vie morale aboutissent ces commodes facilités de relations, pour y répugner, comme je fais aujourd'hui, de tout mon cœur. Mais en ces temps-là, m'asseoir à la table de la maîtresse d'un de mes camarades, coude à coude avec l'amant, pas très loin du mari, tout près du fils et de la fille, me paraissait aussi parfaitement naturel que de me mettre en habit le soir ou de porter des souliers jaunes aux eaux en été. Être cet amant moi-même me paraissait plus naturel encore. Cependant l'entrée de la petite Blanche dans cette chambre me sembla quelque chose de si étonnant, presque de si monstrueux, l'initiation de cette enfant à la vie intime de sa sœur comportait un si complet oubli de la plus élémentaire propreté morale, que je ne crois pas avoir éprouvé, ni auparavant ni depuis, une sensation de gêne et, pour tout dire, de honte plus complète ! Mais j'étais vraiment le seul à l'éprouver, et, quoique ce soit un mot divin à ne pas profaner, il faut bien que je l'avoue, la candeur la plus entière souriait sur le visage de l'enfant de quinze ans en train de s'approcher du lit, avec l'assiette de soupe fumante, en équilibre entre ses doigts. Sa seule préoccupation était visiblement de ne pas répandre une goutte du bouillon dont le rustique et cordial arome se mélangeait maintenant dans la chambre aux fortes senteurs des eaux de toilette d'Aline et à la fine odeur du café. La petite Blanche n'était pas du tout le beau brin de fille dont avait parlé l'autre, et elle apparaissait toute mince, toute maigriote, au contraire, dans une robe grise qui avait appartenu à sa sœur et qu'elle s'était adaptée tant bien que mal. L'étoffe restée trop ample flottait autour de sa jeune poitrine presque sans sexe. On devinait, sous les cassures de la laine, des épaules et des bras à peine formés. Cette robe était relevée, sans doute pour le service de l'appartement, et découvrait ses pieds. Je reconnus la paire de souliers dans un desquels j'avais glissé mon billet bleu de cette nuit. Autour de ses chevilles, des bas de soie havane aussi, mais passée, tombaient en plis qui attestaient leur origine. Ils avaient, comme la robe, appartenu à sa sœur. Et le joli visage de la petite ressemblait aussi à celui de la sœur. Mais, si invraisemblable que fût cette innocence dans l'infamie d'une telle familiarité, c'était bien l'âme la plus virginale, — la plus ignorante, la moins perverse des âmes d'enfant, — qui me regardait à travers ses beaux yeux bruns tout pareils à ceux de l'aînée, et une seule curiosité animait ce regard, celle de savoir, tandis que je prenais la soupe et que j'y

trempais machinalement la cuiller, ce que je pensais de ce plat nouveau. Ce fut avec la plus enfantine des malices qu'elle me dit, quand j'eus repoussé l'assiette après cette première cuillerée :

— « Je savais bien que vous n'aimeriez pas cette pâtée de chez nous... Mais ma grande ne veut jamais me croire... Je vais vous chercher votre café au lait. »

Blanche se trompait. Je n'avais pas même senti le goût de cette soupe de campagne dont elle et sa sœur étaient si friandes. Tout d'un coup, à les voir ainsi à côté l'une de l'autre, dans la chambre, la grande et la petite, une idée affreuse m'avait saisi. Je l'accueillis avec d'autant plus de facilité que je subissais dans ce second moment de mon réveil définitif cette terrible sensation du lendemain qui m'a empoisonné mes plus belles amours. — D'où vient-elle? Pourquoi m'a-t-il fallu toujours mettre des quarante-huit heures et des trois jours, entre un rendez-vous de plaisir et une visite à la maîtresse avec qui je l'avais eu, pour n'être pas tenté de la brutaliser de lassitude, de dégoût, presque de rancune? J'ai souvent pensé à cette ingratitude étrange de la volupté qui m'est si naturelle, en remarquant par les confidences de mes amis qu'elle est relativement rare, j'entends chez les hommes de mon éducation et de ma race. Je l'ai dissimulée, cette ingratitude, du mieux qu'il m'a été possible. J'ai lutté contre elle dans les faits. Je me suis astreint à de caressantes délicatesses d'attention vis-à-vis des maitresses qui sortaient de mes bras. Mais toujours j'ai senti ce mouvement d'aversion frémir dans l'arrière-fond de mon animalité, après l'amour. J'en suis arrivé, tant ces passages d'injuste et féroce irritation contre un être que je viens d'étreindre avec idolâtrie me font horreur à moi-même, oui, j'en suis arrivé à trouver que le plaisir de la possession ne vaut pas qu'on l'achète si cher, et à souhaiter de ne jamais être l'amant d'une femme que j'aime d'un amour véritable. J'aurais si peur de la désaimer de cette triste manière!... — Par le matin de Noël dont j'essaie aujourd'hui de mieux préciser le souvenir, ce remous d'antipathie physique contre la pauvre Aline se traduisit par cette soudaine pensée que j'assistais à la plus scandaleuse manœuvre de prostitution familiale et que l'aînée des deux sœurs se préparait à vendre l'innocence de l'autre le plus cher qu'elle pourrait, — si ce n'était pas déjà fait! La simple hypothèse de cette ignominie me rendit soudain insupportable d'être là, dans cette alcôve de fille, dans cette chambre où des photographies de jeunes gens et de jeunes femmes éparses un peu partout racontaient une si triste existence d'amours de hasard et d'amitiés vulgaires sinon ignobles. Le palissandre à bon marché du lit, de l'armoire à glace et des chaises, le débraillé d'Aline, tout me donna l'impression d'une telle médiocrité que le charme de grisette dont je l'avais vue la veille comme auréolée s'évanouit. Je n'eus plus qu'une seule idée, m'en aller, rentrer dans mon paisible et tiède appartement où ma vieille mère m'attendait sans doute avec une indulgente anxiété... Je me souviens. Je regardai brusquement ma montre. Je prétextai un rendez-vous oublié à la pauvre Aline stupéfiée de mon inexplicable et si rapide métamorphose. Je m'habillai en deux temps, trois mouvements. Je me sauvai comme un voleur, et une heure après m'être réveillé dans ce lit étranger, je sonnais à ma propre porte, je commandais un bain à mon domestique ! Il me semblait que je ne me laverais jamais assez de cette fille, de cette nuit, de cette impression d'abject mauvais lieu subie à l'entrée de la petite, et, les nerfs peu à peu détendus, je me souviens encore que je monologuais dans ma baignoire avec une ironie qui n'était ni sans gaieté ni sans douleur :

— « Ai-je été cocquebin tout de même, hier soir ! Ce soulier de Noël, cette petite sœur pieuse, ce retour au pays natal avec la dot de la tirelire ! Et moi qui ai cru à toutes ces balivernes !... Et le chocolat du matin !... Elles avaient l'air un peu penaud tout à l'heure, quand elles ont vu que leur plan ne réussissait pas. La jeune sœur doit valoir encore moins que la grande. Il y a de ces madones de quinze ans qui rouleraient de vieux diplomates, rien qu'en baissant leurs paupières et en se composant des mines de premières communiantes. Voilà certainement une des plus dégoûtantes histoires auxquelles j'ai assisté de ma vie... »

Je n'ai guère été heureux depuis que je me connais et, si je comptais les sensations que je voudrais éprouver à nouveau, je crois que je n'arriverais pas au double chiffre ! Même le chiffre simple, serait-il bien haut ? Y en aurait-il un seulement ? Cela, c'est le sort commun de l'homme, qui naquit pour démontrer la justesse du mot de l'Ecclésiaste : « Tout n'est que vanité et rongement d'esprit... » Ce qui m'étonne plutôt, c'est de ne pas m'être attiré, outre les communs ennuis, les pires malheurs par ces sautes subites de caractère et d'émotions qui me divertissent à distance. Mais elles ont fait de ma destinée intime le plus incohérent des paradoxes réels. Quand cette incohérence s'est appliquée à des résolutions aussi peu importantes que celle de revoir ou de ne pas revoir une fille galante du Quartier Latin et sa petite sœur, il n'y a eu que peu de mal. Hélas! Je me suis conduit avec la même logique, alors qu'il s'agissait des intérêts les plus réels de mon existence de cœur, et voilà pourquoi je vieillirai seul sans pouvoir même asseoir à côté de moi devant le feu, par les nuits d'hiver comme celle-ci, le fantôme d'un souvenir complet, d'un amour qui ait été tout à fait un amour, d'une joie qui ait été tout à fait une joie, d'une douleur même qui ait été tout à fait une douleur. Allons! A quoi bon recommencer cette élégie, que je me suis trop redite à moi-même, dans le silence de mon cœur ou la plume à la main?... Tant il y a qu'une fois de plus, à l'occasion d'Aline, j'ai pu juger de mon impuissance à me fixer dans une impression et dans une idée. Huit jours ne s'étaient pas écoulés depuis ma sortie si brusque, si injustifiée, presque si grossière, hors de l'appartement de la rue Linné. Déjà les incidents de cette nuit et de ce matin de Noël commençaient de s'évoquer pour moi sous un angle tout autre. Je me souvenais du charme de naturel qui m'avait tant plu chez Aline durant le souper. Certes les visages sont menteurs. Mais celui-là? Jolie comme elle était, et spirituelle, et fine, la pauvreté de son logis témoignait trop en faveur, sinon de son désintéressement absolu, — car j'avais oublié trois ou quatre pièces d'or sur la cheminée qu'elle m'avait vu déposer sans protestation, — au moins de sa totale absence de calcul. C'en était un si compliqué, si noir, que ce brocantage de la virginité d'une toute jeune sœur! Je me rappelai mon arrivée dans la chambre et sa manière de me parler de Blanche. Si elle avait voulu me la faire valoir, le procédé à employer était très simple et précisément le contraire de celui dont elle s'était servie. Elle eût essayé d'éveiller ma curiosité avec un portrait placé adroitement sur le mur, sur la table de nuit, dans un médaillon. Puis elle eût fait venir au matin la petite, mais comme par hasard, et couronné le tout par le grand jeu des remords. Au lieu de cela, ce pauvre soulier, si peu coquet avec son talon éculé, cette soupe aux poireaux et aux pommes de terre si peu ragoûtante, et apportée par la petite avec des mains de laveuse de vaisselle, j'avais remarqué ce détail aussi, l'accent de la grande sœur quand elle avait montré la chaînette avec la croix d'or, et raconté par avance l'avenir honnête de l'enfant, — bref, toutes les circonstances de cette aventure, si vulgaire à la fois par certains côtés et presque fantastique par d'autres, m'apparurent comme empreintes d'un caractère d'indiscutable sincérité. Était-ce, à cette semaine de distance, la réaction de la réaction, ce retour du désir qui suit les dégoûts du lendemain, comme ces dégoûts ont eux-mêmes suivi l'assouvissement du désir ? Était-ce une curiosité d'oisif à l'égard de la prodigieuse anomalie morale que représentaient les rapports de ces deux sœurs, de « Ma Petite » comme avait dit Aline avec celle qui l'avait elle-même appelée « Ma Grande » ? Était-ce une secrète pitié pour ces deux créatures, et un pressentiment que je pourrais leur être utile?... Quand je réfléchis à mes actions une fois commises, j'y démêle toujours vingt motifs divers et contradictoires qui me paraissent tous m'avoir décidé également. Dans la réalité, j'ai toujours agi par des impulsions irraisonnées qui contrastent d'une manière cruellement ironique avec la manie d'analyse personnelle et rétrospectivement lucide dont j'ai tant souffert. Mais il était écrit dans le grand livre de la Providence que j'aurais en moi juste assez d'entraînement pour ne pas me conduire avec sagesse, et juste assez de sagesse pour me paralyser au milieu de mes entraînements. Encore celui qui me ramena, dans la première semaine de janvier, du côté de la rue Linné et de ses énigmatiques habitantes, fut-il un de ceux dont j'ai, à dix ans de distance, le moins lieu de me repentir. Il est vrai que je ne soupçonnais guère dans quelles circonstances tragiques j'allais acquérir la preuve de la bonne foi absolue d'Aline et reconnaître l'innocence entière de sa jeune sœur...

C'était, je crois, le lendemain même du jour de l'An. Je me rappelle en effet que j'entrai chez mon bijoutier avant de passer les ponts afin d'acheter deux cadeaux d'étrennes qui me fissent pardonner d'être

parti l'autre jour malhonnêtement avec une si évidente mauvaise humeur et de ne plus avoir donné signe de vie, quoique j'eusse formellement promis à Aline une visite dans la semaine. C'est comme pour les dîners, cela se doit. Je revois encore, avec cette étonnante mémoire que j'ai de la nuance du jour et de l'heure, moi qui oublie, dans mes instants de fatigue, jusqu'au numéro de ma maison, — je revois le ciel pommelé de nuages légers qu'il faisait par cette claire après-midi de janvier, un ciel froid, mais gai, mais sain, mais vital, si l'on peut dire. J'étais parfaitement content, avec une vague sensation de désir à l'égard d'Aline, ce désir heureux que l'on éprouve pour une de ces maîtresses de passage qui vous plaisent sans trop vous troubler, et dont on est sûr qu'elles vous appartiendront ou ne vous appartiendront pas, — à votre gré. Ce n'est pas à l'honneur de l'animal-homme, mais ce mélange de certitude égoïste et de détachement sympathique demeure une des joies les meilleures que nous puissions attendre d'une femme. Il s'y joignait pour moi le paradoxal attrait d'un problème à résoudre, qui ne me semblait plus du tout sinistre maintenant que mes nerfs étaient accordés sur un autre mode. Je monologuais, suivant mon habitude quand la fantaisie s'éveille en moi, et je me disais, ou mieux cette fantaisie me disait : « Tu n'as pas de liaison en ce moment, Aline te plaît. C'est un coin de monde et de mœurs que tu ne connais guère... Ce serait un motif déjà de renouveler cette douce aventure... Il y en a un autre : savoir au juste ce qui se passe entre ces deux êtres, comment l'innocence de Blanche s'adapte au vice de l'autre, ce qu'elle en a deviné, ce qu'elle en ignore... Quel sujet de roman !... » Dans la première aube de ma jeunesse j'avais rêvé ce rêve aussi : vivre avec ardeur jusqu'à trente-cinq ans, et, passé cet âge, écrire des livres avec mes souvenirs ! O naïveté ! Quoique j'eusse, dès l'époque où je m'acheminais vers la rue Linné, d'un pied si leste, jugé ces ambitions à leur vraie valeur, j'en ressuscitais le fantôme de temps à autre pour justifier à mes yeux quelques expériences qui eussent choqué trop fort mon fond incorrigible de vieille et pharisaïque bourgeoisie. La vérité vraie est que ce retour chez la grande Aline m'amusait, — tout simplement. Aussi n'avais-je qu'une peur en passant le seuil de la maison. Quoique, dans ses conversations de l'autre nuit, Aline m'eût dit que j'étais toujours sûr de la trouver vers une heure, elle pouvait être sortie. Elle pouvait surtout avoir quelqu'un avec elle. Je dus m'apercevoir que cette visite m'intéressait d'un intérêt un peu trop vif rien qu'à la légère émotion qui me saisit pour demander à la concierge :

— « Mlle Aline est-elle chez elle ? »

— « Pour sûr qu'elle n'est pas allée courir les rues avec le mal qu'elle a... » me répondit brusquement cette femme, une énorme créature hommasse et moustachue, qui avait peine à se mouvoir dans l'étroite loge encombrée de vêtements. Une petite affiche à la main collée sur le vitrage attestait les talents de l'époux de cette cuirassière, absent pour le quart d'heure, à travailler comme tailleur dans « le vieux et le neuf ». Avisant une casserole de fer qui chauffait sur un poêle, et comme pour commenter son mot, la grosse femme en tira une cuiller de bois tout engluée d'une bouillie grisâtre dont je reconnus aussitôt l'écœurante odeur : « C'est de la graine de lin que je lui prépare pour ses cataplasmes... » continua-t-elle.

— « Mais qu'a-t-elle donc ? » demandai-je.

— « Ce qu'elle a ?... » répondit la bourrue bienfaisante. « Elle a qu'elle devrait bien s'acheter une conduite, au moins pour deux liards, et qu'elle s'est donné quelque mauvaise fièvre intérieure à rentrer à des trois heures du matin... Gentille comme elle est, avec son bon caractère, elle aurait deux ou trois connaissances, des messieurs bien qui auraient chacun leur jour ; serait-elle pas plus heureuse qu'avec tous ces petits galvaudeux de carabins ?... Je vous le demande !... Avec ça que c'est eux qui s'occuperont de la petite si elle venait à manquer... Et c'est qu'elle l'aime, sa petite. On n'a jamais vu deux amours de sœurs plus gentilles... Elles seraient à moi, toutes deux, je ne leur voudrais pas du bien davantage... Si ce n'est pas une pitié, monsieur, d'être coureuse comme ça avec

un si brave cœur!... Elle s'ôterait le pain de la bouche, monsieur, pour l'autre... Et puis!... Enfin, il faut que jeunesse se passe... Monsieur, comme mon mari n'est pas là et que je ne peux pas trop quitter la loge, si c'était un effet de votre complaisance de dire à la Blanchette qu'elle descende chercher le cataplasme avec un linge?... Au second, la porte à droite... Mais vous savez bien... »

Le pittoresque de ce discours dont la fin était soulignée par un clignement d'œil indulgent, la nuance des relations des deux sœurs avec cette concierge compatissante et bougonne, les causes attribuées par la faiseuse de cataplasmes à cette indisposition d'Aline, m'empêchèrent d'attacher trop d'importance à cette nouvelle. Je pensai que ma maîtresse d'une heure avait pris froid dans quelques-unes de ces expéditions nocturnes comme les *bandes* du Quartier en commettent dans les semaines fériées, où l'argent abonde. Quoique la transformation de l'idéal Prudhon de l'autre soir en une pauvre diablesse de coureuse tordue par quelque colique ne correspondît guère à mon attente, je ne me serais pas estimé si je n'avais gravi cet escalier avec un égal empressement. « Elle aura toujours bien besoin de quelques douceurs, » pensais-je, « et je les lui enverrai... » Et l'air des « *Trente matelots sur le bord de l'île...* » que je sifflotais en gravissant les marches ne s'accordait guère à l'impression vers laquelle je marchais ainsi. Mes connaissances médicales étaient bien courtes à cette époque. Elles le sont un peu moins, aujourd'hui que j'ai traversé de véritables crises d'hypocondrie durant lesquelles j'ai compulsé manuels sur manuels et expérimenté drogues sur drogues. Mais quand la petite Blanche fut venue à mon coup de sonnette et qu'elle m'eut introduit tout naturellement dans la chambre d'Aline, je compris, au premier regard, que la jeune femme était très profondément atteinte et ma gaieté tomba du coup. Ses traits décomposés, la décoloration de son teint, le pli de sa bouche, les soupirs affreux que lui arrachait la douleur, tout révélait une attaque aiguë d'un mal trop violent pour qu'elle ne fût pas en danger. — Elle se mourait tout simplement d'une péritonite ! — Je n'ai su le vrai nom et la vraie nature de cette fatale indisposition qu'un peu plus tard, mais il n'était pas besoin d'être docteur pour comprendre combien la pauvre fille souffrait. Même à travers cette souffrance elle avait gardé ce joli esprit de femme dont la grâce m'avait enchanté dès mon entrée dans le banal salon de restaurant où je lui avais été présenté. Elle ne m'eut pas plutôt aperçu qu'elle drapa autour de ses cheveux et de son cou un fichu mauve, d'une étoffe souple et fanée, qu'elle avait à portée de ses mains. Elle avisa un pulvérisateur sur une table de nuit et elle fit signe à la petite de parfumer la chambre. Puis, forçant ses lèvres séchées à sourire, et s'appelant elle-même tour à tour de son nom de Quartier et de celui que je lui avais donné l'autre nuit. — « Ah ! vous êtes revenu voir votre Prudhon ?... » dit-elle. « Il est bien malade... Il croyait que vous l'aviez déjà oublié... Vous êtes parti, l'autre matin, si brusquement... Il ne vous en voulait pas, allez. Une pauvre Line n'est pas faite pour les élégants de l'autre côté de l'eau, comme vous... Ah! si vous saviez comme je souffre? C'est là!... » Et elle mit par-dessus le lit sa main sur son estomac et sur son ventre.

— « C'est un peu votre faute, » ajouta-t-elle d'un air de gentil reproche, « je me suis ennuyée de vous. C'est bête, mais c'est vrai. J'ai senti que j'allais prendre une toquade... Alors j'ai un peu couru les cafés pour secouer ça. J'ai été mouillée l'autre soir, et voilà comme c'est venu!... Voulez-vous me donner à boire? » demanda-t-elle, en me montrant une tasse devant la cheminée. « Quelle drôle de devise pour un Prudhon, pas : — camomille et cataplasme ?... »

— « Allons, » lui dis-je, « vous riez, vous êtes guérie. »

— « Je crois, au contraire, que je suis bien malade, » fit-elle d'une voix sérieuse en se recouchant. « Ah ! s'il n'y avait pas la petite, ce serait tant mieux, mais un peu tôt tout de même !... »

— « Est-ce que vous avez vu le médecin ? »

— « Pas encore... J'ai écrit à Dubau, l'interne. J'ai été avec lui un an... Il n'a pas répondu... Il n'a jamais eu très bon cœur... Il y a bien un petit étudiant qui m'a commandé cette tisane et cette graine de lin. Mais avant-hier, et depuis il n'a plus repassé. Il doit être dans sa famille pour les fêtes. Et puis, les médecins !... Chez nous, quand on est malade, on mange et on boit le plus qu'on peut et on guérit tout seul... Mais je ne peux pas, j'ai trop de dégoût... Bon ! C'est la petite qui revient avec le cataplasme... Vous savez, il faudra me laisser... Je dois déjà tant vous répugner. Tenez, entrez dans la salle à manger pendant que mon Blanchon me changera... Pauvre petit Blanchon-Blanchette, ne te fais pas de peine surtout. »

La petite sœur était en effet rentrée, pendant ce discours, tenant dans une serviette la graine de lin préparée par les soins de la concierge. Elle avait des larmes dans ses yeux, rouges déjà d'avoir trop veillé et trop pleuré depuis cette fin de semaine. Je me retirai dans la salle à manger, comme Aline me l'avait demandé, le cœur serré par les propos que m'avait tenus la malade, par cette coquetterie d'enfant galante qu'elle avait montrée à travers la souffrance, par l'abandon où je la trouvais, par l'inexplicable mélange de dégradation et de simplicité, de désordre et de bonhomie que je venais de constater une fois de plus. Cette existence avait son image dans cette salle à manger, dont les meubles avaient dû être achetés à tempérament, — par billets mensuels de vingt-cinq à trente francs, payés ? Je devinais trop comment. — Mais le choix du vieux chêne, le bronze doré de la pendule au-dessus de la cheminée, les chaînettes luisantes de la suspension au-dessus de la table attestaient l'Idéal d'installation si provincialement commune poursuivi à travers cette vie de bohémienne à « toquades », comme elle avait dit, — pendant que sur le buffet une abondance d'objets hétéroclites et gagnés à des tourniquets de foires racontait les humbles plaisirs de l'étudiante en partie fine. Une porte était entr'ouverte, que je poussai. C'était celle de la chambre de la petite sœur. J'y entrai et je vis un petit lit de fer sous deux gravures de première communion, une toilette de servante, mais propre, sur une table de bois deux lampes déjà faites, un bougeoir nettoyé, des bottines avec une boîte à cirage, d'autres brosses et des balais, de quoi vaquer au gros ouvrage de la maison, et à côté d'une photographie d'Aline en robe décolletée, — le chef-d'œuvre d'une couturière du boul' Mich', pour parler toujours comme elle... — le portrait d'une vieille paysanne qui devait être leur mère, et un portrait de Blanche elle-même, de deux ou trois ans plus jeune. Cette étroite chambre achevait de me donner le mot de ce qui m'avait paru être un mystère, tout simplement parce que j'avais voulu une fois de plus demander de la logique à la vie, au lieu qu'elle procède pour les âmes comme pour les terrains, par alluvions successives. La phrase significative d'Aline sur les ouvriers me revint. Je l'aperçus qui, arrivée à Paris, comme bonne sans doute ou comme demoiselle de magasin, se laissait gagner par ce demi-bien-être, si médiocre pour moi, si réel pour la fille de cette paysanne en sabots dont j'avais devant mes yeux le visage travaillé par le rude labeur des champs. La prostitution avait suivi, mais douce, mais presque innocente, toute pareille à celle que j'avais déjà pu connaitre en Espagne, chez ces jolies *niñas* du peuple, les Conchas, les Carmelas, les Transitos, les Dolores qui se gagnent une dot dans les maisons de plaisir de Séville ou de Cadix. C'est un métier qui tantôt les ennuie, tantôt les amuse, et il ne les empêche pas d'être bonnes filles ni d'être bonnes sœurs. Dans un voyage chez elle, Aline avait vu la pauvre Blanche mal nourrie, mal habillée, mal logée, leur mère endettée, leur père misérable. Elle avait offert d'emmener la petite avec elle, peut-être avec l'idée de la mettre en apprentissage. Puis elle l'avait gardée, et l'autre avait accepté cette existence en commun, tout naturellement, tout innocemment encore. Deux ou trois des amants de sa sœur avaient dû être bons pour elle, lui donner des cadeaux, l'inviter à dîner. La petite sœur avait aidé la concierge dans les soins de l'appartement. De là au chocolat du matin qui avait tant épouvanté en moi l'incompressible Prudhomme, il y avait juste la distance qui sépare un service d'un autre, puis d'un autre, et voilà qu'au lieu de m'indigner, comme la première fois, je me sentis saisi d'un attendrissement qui me mit à moi aussi presque les larmes aux yeux lorsque la petite me rappela en me disant tout bas :

— « Est-ce que vous croyez que ma Grande est vraiment malade ? »

— « Ce n'est que l'affaire de quelques jours, » lui dis-je, et, pour la distraire : « Tenez, prenez cette boîte, c'est vos étrennes à toutes deux... »

Blanchon-Blanchette ouvrit l'écrin de velours dans lequel le joaillier avait mis deux bagues exactement pareilles, — deux de ces serpents d'or articulés comme on les fabriquait alors et qui se développaient tout entiers. Son jeune et naïf visage s'empourpra d'une rougeur de plaisir devant ce bijou qui était aussi un joujou. Ses yeux brillèrent de reconnaissance, et elle courut vers la chambre de sa sœur, qui passa une des bagues à son doigt tremblant de fièvre et qui dit :

— « Comme il t'a gâtée ! — L'as-tu remercié au moins ? »

Et avant que j'eusse pu me dérober à cette humble caresse, la petite sœur m'avait pris la main qu'elle me baisa !...

Oui ! Humble caresse et qui me toucha plus que je ne peux dire, par cette humilité même, comme si j'y avais senti un appel vers ma protection ! Cette enfant, toute voisine de la nature, avec son âme si passive, si désarmée devant les réalités cruelles de la vie, devina-t-elle, par un instinct presque animal, comme celui d'un pauvre chien en détresse, que le hasard allait faire de moi, l'inconnu de l'autre semaine, son plus efficace soutien dans une circonstance affreuse ?... Le mot jeté pour la tranquilliser que « c'était seulement l'affaire de quelques jours » se trouva être sinistrement prophétique, mais dans un tout autre sens, et j'en eus la certitude presque aussitôt. Malgré les préjugés que la malade professait à l'égard des médecins, je ne voulus pas que l'après-midi se passât sans qu'elle eût été examinée par un vrai savant et j'allai moi-même à la recherche d'un de mes bons amis, le docteur Louvet, qui n'était pas encore l'homme à la mode, dont toutes les étrangères raffolent, et qu'une archiduchesse réclame à Vienne, tandis qu'une grande-duchesse l'appelle à Pétersbourg. Il est si occupé aujourd'hui, que je n'ose même plus le voir pour moi-même. En ces temps-là et quoiqu'il fût déjà un observateur de premier ordre, les clients n'abondaient guère dans son second étage de la rue Bonaparte. Aussi l'enlevai-je sans le moindre remords. Nous devions aller chez Aline d'abord et dîner ensuite. Je lui avais raconté dans la voiture la peu aristocratique fantaisie qui m'avait conduit à rendre visite aux deux sœurs le jour même :

— « Ce ne sera sans doute rien, » me dit-il en riant ; « mais ce qui m'amuse, c'est ton étonnement devant une de ces jolies aventurières du Quartier que nous appelions quand j'étais à l'hôpital, — pardonne-moi ce latin de pharmacie : *Grus vulgaris* ou *officinalis*... C'est plein de créatures comme cela, ces ruelles entre le Val-de-Grâce et le Panthéon. Il en pousse par milliers, entre les pavés, de ces petites fleurs de campagne, toutes fraiches encore et à peine transplantées, avec leur arome de terroir à peine adouci. Puis, ou ça meurt, ou ça devient les féroces rouleuses du trottoir parisien !... Quant à la petite sœur, j'ai tant vu la même situation avec des mères, tu entends, et aussi inconsciemment immorales ! Nous nous imaginons, nous autres, tas de rentiers et de philistins, qu'entre la prostitution et la famille il y a un fossé, l'honneur d'un côté, le déshonneur de l'autre... C'est méconnaître la nature humaine. On n'irait pas souvent jusqu'au bout du mal si on ne commençait par y mêler beaucoup de bien, puis un peu, tout court. Et puis, c'est comme pour les marguerites qu'on effeuille, il ne reste plus qu'un pétale, et à cet un peu succède le pas du tout, et après le dernier pétale on trouve quelquefois un cœur d'or... »

Cette gaieté philosophique eut bien vite cédé la place au sérieux du praticien en présence d'un cas très grave, lorsqu'il eut causé avec la malade. Il me demanda de passer avec la petite sœur dans l'autre pièce. Quand nous revinmes, je vis, moi qui suivais quelquefois ses visites à la Charité, qu'il avait sa physionomie des mauvais jours :

— « Je reviendrai demain matin, » dit-il à Aline ; et quand nous fûmes dans l'escalier : « Elle est perdue, sans un miracle, » fit-il, et il entra dans le détail des phases qu'allait suivre la maladie. Puis brusquement, avec un certain coup d'œil cynique et perçant que je lui connais bien : « Et veux-tu que j'ajoute une consultation pour toi ? Donne de l'argent s'il n'y en a pas dans la maison, mais n'y va pas trop... »

— « Et pourquoi ?... » demandai-je stupéfait du ton sur lequel il avait prononcé cette phrase.

— « Pourquoi ?... Parce que tu es en train de devenir amoureux de la petite et la petite amoureuse de toi... »

— « J'espère pour le pauvre Prudhon, » lui répondis-je, « que tous tes diagnostics sont aussi exacts... »

— « Tu as tort de plaisanter, » reprit Louvet à son tour, très sérieusement. « Méfie-toi de toi-même et surtout de cette petite. »

— « Mais c'est une enfant, » m'écriai-je, « à peine si elle a seize ans. »

— « Raison de plus pour être sur tes gardes... Tu feras ce que tu voudras de mon conseil... Après tout, toi ou un autre, il vaudrait peut-être mieux que ce fût toi... Mais rappelle-toi ce que je te dis : c'est toujours de cette manière que commencent ces malpropres choses qui s'appellent des séductions, et qu'en ma qualité de médecin je considère comme les plus ignobles des crimes... Et puis, comme cela ne me regarde pas, pardonne-moi si je t'ai froissé... Et n'en parlons plus... »

Dois-je croire que ce rare observateur avait démêlé dans les arrière-fonds obscurs de mon être une fibre cachée de désir, que moi-même je ne soupçonnais pas ? Toujours est-il que pendant les quelques journées que dura encore la maladie d'Aline, journées où je passai beaucoup d'heures à son chevet, je fus extrêmement réservé et très embarrassé aussi devant la petite sœur. C'était vrai qu'à la voir aller et venir autour de cette agonie, il était impossible de n'être pas touché profondément de la délicate tendresse qu'elle montrait à « sa Grande », n'ayant jamais un mouvement d'impatience, toujours prête aux soins les plus minutieux et les plus pénibles, ne dormant et ne mangeant pour ainsi dire pas, et trouvant le moyen que cet appartement encombré de remèdes fût toujours tenu

avec cette propreté Angevine comparable à la propreté Flamande... Mais non, Louvet avait eu tort, au moins pour mon compte. De par delà les années, je me souviens de la réelle admiration, du respect plutôt que la brave petite personne m'inspirait et de la pitié qui continuait à s'y mélanger lorsque je me trouvais assister à quelqu'une des rares visites que recevait la mourante. Il arrivait de temps à autre des jeunes hommes, tantôt avec des cheveux longs sous un feutre mou, tantôt la coiffure astiquée sous un chapeau haut de forme à bords plats, sans aucun doute des anciens amants d'Aline. Ou bien c'étaient des femmes aux chignons outrageusement jaunes, aux yeux cernés, aux lèvres peintes. La petite recevait les uns et les autres dans l'étroite antichambre qui précédait la pièce principale. J'entendais les voix des hommes qui se faisaient pourtant toutes basses et celles des femmes qui se faisaient aiguës pour prononcer des phrases imbéciles comme il s'en murmure autour de toutes les maladies, et la voix de la petite leur répondait, sans que jamais l'émotion dont je la savais dévorée se manifestât par quelqu'une de ces exagérations de langage qui sont trop naturelles. Aline souffrait tant qu'à peine si elle y prenait garde. La mort continuait son œuvre, et un matin, en arrivant prendre des nouvelles, rue Linné, j'appris de la concierge qu'elle avait passé dans la nuit! — Je ne demandai pas de détails. Le simple fait que j'eusse été un des derniers à posséder ce corps que depuis j'avais vu se tordre dans une si affreuse agonie, me remuait d'un frisson physique où il entrait un indéfinissable remords. Je ne voulus même pas voir la pauvre morte, mais je questionnai la concierge sur la survivante :

— « Elle est étonnante de raison, » me dit la brave femme. « Seulement, quand tout sera fini?... »

— « Et l'argent?... » interrogeai-je.

— « Elle avait une petite réserve qui suffira pour les premiers frais... Ça m'a fait mal au cœur, » ajouta la brave femme, « quand elle a cassé devant moi sa pauvre tirelire... Pour le reste, on verra... »

Ainsi mon billet bleu, posé dans le soulier au coin du feu par la nuit de Noël, allait servir à payer une partie de l'enterrement de celle qui s'enlaçait à moi d'une étreinte si caressante, par cette nuit toute voisine et déjà irréparablement lointaine. Ce détail qui me serra le cœur, la délicatesse de la pauvre petite fille qui n'avait pas pensé une seconde à s'adresser à ma bourse, la sorte de prédestination qui m'avait si subitement mêlé à leur vie à toutes deux, et dans un tel moment, tout eût dû me décider à continuer ma mission d'ami improvisé, voire le respect humain vis-à-vis de l'excellente Mme Mourlevat. — Je me rappelle maintenant que tel était le nom copieux de la concierge bourrue et moustachue. — Et voilà qu'au lieu de monter mettre à la disposition de la petite et mon argent et mes démarches, je repris place dans la voiture qui m'avait amené, en disant le plus menteur des « je dois faire une course. Je repasserai... » Je venais d'éprouver, sur ce seuil de porte, une fois de plus, cette espèce d'invincible horreur de la mort qui fait que je pourrais compter les enterrements auxquels j'ai assisté. — Il n'y en a pas cinq ! — Soigner un malade me parait tout naturel, et fût-il atteint de l'éruption la plus contagieuse, je le veillerais et je le panserais sans répugnance et sans peur. Il m'est physiquement insupportable de m'approcher non seulement d'un cadavre, mais d'une chambre où il repose, mais du cercueil où il est enfermé, — n'eussé-je pas connu vivant l'être humain dont c'est l'inerte dépouille. Il faut croire que cette aversion nerveuse procède en moi des arrière-fonds les plus intimes de mon organisme, pour que je n'aie pas même essayé de la dominer dans plusieurs circonstances de ma vie, notamment dans celle-ci. Hélas ! N'ai-je pas évité de même les convois de quelques-uns des amis que j'ai le plus aimés ? N'était que depuis bien longtemps je me suis habitué à regarder mon caractère d'une façon historique, — comme disait Gœthe, c'est-à-dire avec autant de curiosité impersonnelle que s'il s'agissait d'un étranger, — j'aurais honte de noter ce que la franchise m'oblige à noter dans ces pages. Mais je me suis donné ma parole d'y être vrai jusqu'au cynisme. Sans quoi, vaudrait-il la peine d'user mon encre à me peindre en beauté, — comme ce vieux fat de d'Avançon qui retouche lui-même à la plume ses photographies pour les donner aux dames, après s'être mieux noirci la moustache et les cheveux ! — Et puis, quoi ? Ai-je jamais eu la moindre prétention au titre de petit manteau bleu ? J'aurai été, dans mon existence obscure, un homme à qui n'aura jamais manqué la bravoure de ses façons de sentir. Soyons juste en avouant que cette bravoure mérita cette fois la définition de l'humoriste qui disait que le courage civil se distingue du courage militaire en ce que ce dernier consiste à braver le danger et l'autre à le fuir ! Et enfin que de périphrases, pour me rappeler à moi-même qu'une fois la rue Linné quittée, j'entrai dans le premier café qui se présenta, — je le vois encore, un estaminet long et pauvre, où trois bourgeois de la rue jouaient au piquet voleur, et par les fenêtres se dessinaient les toits en briques rouges de la *Halle aux vins*. Là, je demandai une plume, du papier et de l'encre.

J'écrivis à la petite Blanche un billet de sympathie où je prétextais une nécessité absolue d'aller pendant quarante-huit heures à la campagne. Je lui fis porter ce mot par un commissionnaire, — et je ne reparus à l'appartement de la rue Linné que trois jours plus tard, c'est-à-dire au moment où j'étais très sûr que la cérémonie funèbre était bien terminée.

Cette fois, c'était du vrai courage qu'il me fallait pour reparaître devant la pauvre petite sœur. De deux choses l'une, ou bien elle croirait au prétexte que je lui avais donné pour ne pas l'assister dans les derniers devoirs à rendre à la morte, ou bien elle n'y croirait point. Dans le premier cas, sa confiance me serait un triste reproche. Dans le second, comment lui expliquer une anomalie de ma sensibilité particulière, tout aussi bizarre que l'anomalie de son innocence à elle, au temps où elle vivait à côté de la prostitution de « sa Grande » comme elle eût vécu du plus vertueux travail, paisiblement, ingénument, amilialement ? Je la trouvai dans l'appartement ouvert sur les massifs du Jardin des Plantes, comme au matin où je m'étais réveillé dans le lit, maintenant sinistre sous son couvre-pied, sans draps et sans taie autour de l'oreiller de coutil. Il ne restait plus du Prudhon disparu que ce chétif mobilier gagné au prix de son joli corps aujourd'hui à jamais enfoui sous terre, les brimborions de son humble luxe frelaté et les portraits, cette légion des portraits de ses amants de quelques jours ou d'une heure! La petite Blanche était tout en noir, — vêtue d'une robe d'Aline qu'elle avait encore moins bien adaptée à sa taille que celles dont je l'avais déjà vue habillée. Le temps lui avait manqué. Elle était occupée à ranger des papiers qu'elle jetait dans le feu de la cheminée. — C'était, je le reconnus tout de suite, la correspondance amoureuse de la morte!... — Quand la pauvre enfant était venue m'ouvrir, elle avait poussé un petit cri, et une rougeur avait empourpré ses joues. Ce saisissement, le regard dont elle m'enveloppa, l'émotion que je devinai dans sa voix, tout cela était trop vif, trop spontané, trop singulier aussi pour que la phrase cynique du docteur Louvet ne me revînt pas à la mémoire. Puisque j'ai pris le parti d'écrire ici toute la vérité, pourquoi n'avouerais-je pas que moi-même, durant les premières minutes de notre entretien, je sentais un trouble pareil me gagner ? C'est que Blanche était si adorable-

ment jolie dans cette chambre où flottaient pour moi des souvenirs mélangés de volupté et de tristesse, si jolie, et si vraiment la sœur de sa sœur, avec la grâce de ses quinze ans à peine mûris, — plus mûris pourtant depuis ces deux semaines que s'il se fût écoulé six mois. Elle avait grandi. Sa voix avait un peu mué, et surtout son regard avait changé. Ce n'était pas la première fois que j'observais ce phénomène si particulier dans ces âges de métamorphose où l'être incertain confine à deux périodes. Une grande douleur hâte soudain la définitive éclosion de la jeune fille ou du jeune homme. Je n'avais plus devant moi la gamine de l'autre semaine. C'était une vraie femme qui me parlait dans ce dangereux tête-à-tête. D'ailleurs, la souffrance avait-elle été seule à faire cette œuvre ? Des lettres éparses sur la table, n'en avait-elle pas lu quelques-unes ? Que restait-il à éclairer en elle avant cette dernière lueur ? Enfin, si vraiment Louvet ne s'était pas trompé, cet éveil de sa sympathie à mon égard n'avait-il pas achevé cette éclosion intérieure, — qui précéderait l'initiation, de combien, maintenant qu'elle était ainsi, toute seule, sans défense et si attirante avec le charme de sa frêle nervosité, charme si puissant que j'en étais remué moi aussi ?... Je crois m'être confessé assez franchement pour avoir le droit de dire que ce trouble du moins demeura bien involontaire. Si ce fut une tentation, je la domptai tout de suite. Je n'hésitai pas une minute sur mon rôle d'honnête homme. C'était très simple, n'est-ce pas ? J'ai pourtant plaisir à me rappeler que malgré ce petit frisson qui m'envahissait je n'eus pas besoin d'effort pour faire ce que je devais dans cette heure décisive... Je dis : *J'ai* plaisir. Il me faudrait dire : *J'avais* plaisir ! Car à présent que Mazurier m'a transmis la commission de Mlle Blanche de Saint-Cygne, une teinte affreuse d'ironie se répand pour moi sur le souvenir de cet entretien que nous eûmes, elle et moi, au coin de ce feu alimenté par les billets doux des don Juans du Quartier, durant cette après-midi d'hiver, et dans la chambre de la morte !

— « Et que comptez-vous faire maintenant ? » lui demandai-je après qu'elle m'eût donné des détails sur l'enterrement de cette pauvre Aline sans même faire une allusion à mon absence.

— « Je ne sais pas, » répondit-elle. « Ce serait si dur pour moi de quitter cet appartement. »

— « Me permettez-vous de vous parler comme un ami ? » lui dis-je, un peu étonné du conditionnel qu'elle venait d'employer. « Vous le comprenez, que je suis votre ami ? » Elle me regardait avec des yeux d'une reconnaissance si tendrement émue ! « De combien est le loyer ? »

— « La concierge m'a dit qu'on devait cent cinquante francs pour ce terme... Elle ne voulait pas que je paie tout de suite, mais Aline avait préparé de quoi dans une enveloppe et demain tout sera en ordre. »

— « Et quand vous aurez payé, que vous restera-t-il ? »

— « Encore plus de trois cents francs, » dit-elle.

— « Et votre sœur n'avait pas d'autres dettes ? »

— « Je ne pense pas, » dit-elle. « Aline

n'était pas désordre du tout. Nous avons toujours payé comptant chez l'épicier, chez le boucher, chez le boulanger... Nous faisions nos chapeaux nous-mêmes et ses robes, les derniers temps... »

— « Alors vous comptez sans doute rentrer chez une modiste ou chez une couturière ? » lui demandai-je. Il y avait quelque chose qu'elle ne me disait pas, je le sentais. « Mais y gagnerez-vous de quoi garder l'appartement ? » ajoutai-je.

— « Non, » fit-elle avec embarras ; « mais ma sœur avait des connaissances qui m'aideront peut-être. »

Je la regardai. Tous les soupçons que j'avais conçus le premier jour affluèrent de nouveau dans ma pensée, et elle, comme si elle avait lu dans cette pensée, elle continua, soucieuse d'empêcher que je ne me commentasse cette phrase à moi-même :

— « Vous avez été si bon pour moi, j'attendais votre retour pour vous consulter... J'ai reçu la visite de M. Bertrand... C'est un vieux monsieur qui est marié, parait-il... Il me donnait toujours des cadeaux quand il venait voir Aline... Il ne savait pas qu'elle était morte. Il est resté longtemps à me consoler... Il a été si bon, lui aussi !... il m'a offert de me prêter de l'argent jusqu'à ce que j'eusse trouvé quelque chose... Je lui donnerai réponse demain, car il doit revenir... »

Je la regardai de nouveau. Je n'ai pas éprouvé souvent dans ma vie d'anxiété pareille. Les mots qui me venaient sur les lèvres, pouvais-je les lui dire quand je l'avais connue comme je l'avais connue, elle servante officieuse de sa sœur, et moi couché dans le lit de cette sœur avec qui je venais de passer la nuit ? D'autre part, pouvais-je me faire la moindre illusion sur ce personnage respectable dont elle me parlait, qui était venu la voir aussitôt l'autre morte, et sur les projets qui avaient déterminé ce vertueux bourgeois, sans doute déguisé sous un faux nom, à cette offre complaisante ? Aussi distinctement que je voyais le lit où j'avais dormi auprès d'Aline, je la vis, elle, la petite Blanche, circonvenue peu à peu par ce soi-disant bienfaiteur. Je vis les scènes successives, les baisers sur le front d'abord, les tapote-

ments de joue, la taille prise, tout un jeu d'infâmes et séniles caresses à travers une comédie d'intérêt, — et le reste, — et son existence ensuite toute pareille à ce qu'avait été l'existence de sa sœur! Blanche était juste sur le bord de cette destinée, je le sentais si bien, assez innocente encore pour ne pas se défier, assez éveillée déjà pour qu'elle fût embarrassée de sa propre confiance, — comme si elle devinait qu'il y aurait de sa part à recevoir le premier bienfait du vieux protecteur un marché tacite dont elle ne comprenait pas toute la portée... J'éprouvai alors, à l'idée que cette pauvre enfant, tout attendrissante, toute jeune, toute fine, allait être livrée en proie à l'immonde luxure de ce débauché inconnu, à la sienne ou à celle d'un autre, — à la mienne peut-être, si je ne la sauvais pas et de nous et d'elle-même, et de celui qui la corromprait et de celui qu'elle aimerait, — j'éprouvai, dis-je, un accès de pitié si profond, si intense, si passionné, qu'il m'inspira le plus sûr moyen dont je pusse me servir. Je lui pris la main avec une tendresse qui, cette fois, était aussi pure qu'eût pu l'être celle d'un frère aîné, et je lui parlai dans toute la vérité de mon honneur, ne craignant pas, tant je sentais la minute solennelle, de toucher en elle à l'inconsciente affection qu'avait diagnostiquée le brutal Louvet

— « Écoute-moi, ma chère enfant. Tu as de la sympathie pour moi, je le sais. Tu viens de me le prouver encore... Et moi aussi je t'aime, quoique je te connaisse à peine, comme si je te connaissais depuis longtemps... Je t'ai rencontrée dans des circonstances qui ne me permettent pas de te gronder sévèrement... Mais crois-moi, tu le peux encore, reste une honnête fille... C'était la volonté de ta pauvre sœur que tu ne juges pas, et que tu as raison de ne pas juger... Elle n'était pas heureuse et elle voulait que tu le fusses, toi, heureuse, et comme tu peux l'être, en épousant un brave garçon qui t'estime et que tu estimes. Il ne faut pas recevoir ce M. Bertrand demain. Il ne faut rien accepter de lui. Il ne faut ni le revoir, ni personne qui t'ait connue ici, ni me revoir moi-même, mais t'en aller, partir pour ton pays. Je me chargerai de régler tous tes intérêts, l'appartement, les petites dettes, tout enfin, je t'en donne ma parole... Les meubles te seront envoyés, pour te meubler quand tu te marieras. Les objets t'arriveront tous. Tu n'auras à t'occuper de rien... Mais si tu veux que je garde de toi un gentil souvenir, celui de la petite amie que tu m'es aujourd'hui, va-t'en. Pars dans trois jours, pars dans deux jours, demain, tu m'entends, demain. Je viendrai te prendre et t'emmener à la gare. Et ne pleure pas. — Ne crois pas qu'il y ait une mauvaise idée de toi ni de ta pauvre sœur dans ce que je te dis... Je te parle comme elle te parlerait, elle, si elle pouvait revenir et t'ouvrir son cœur... Tu n'as qu'à me répondre que ta mère te laisse libre et que tu veux rester ici, je te répète que je ne te gronderai pas. Mais si tu as éprouvé que j'avais pour ta sœur et pour toi un véritable intérêt, entends ton bon destin qui te dit par ma voix : — Va-t'en, va-t'en !... »

Elle m'avait écouté avec des yeux effarés et tout grands ouverts sur moi, ses beaux yeux bruns et doux de gazelle apprivoisée, dans lesquels je vis lentement, lentement germer deux grosses larmes. Et puis, à mesure que je lui parlais, prononçant d'autres phrases dont je ne me souviens plus, mais qui toutes exprimaient la même supplication de fuir ce que je sentais un danger — pour moi peut-être autant que pour elle, — des sanglots la secouaient, convulsifs. Était-ce son sentiment pour moi encore inconnu d'elle-même qui la bouleversait ? Mes paroles finissaient-elles d'éclairer cette conscience obscure ? Exprimais-je tout haut ce qu'elle se disait tout bas et qu'elle ne voulait pas entendre ? Toujours est-il qu'elle avait pris mes mains et qu'elle les couvrait de ses pleurs en gémissant :

— « Oh ! merci ! merci !... Je vous obéirai. Je ferai tout ce que vous m'ordonnerez. Je m'en irai de Paris... Ah ! que vous êtes bon ! Que vous êtes bon !... »

Mon Dieu ! Que cette heure-là est loin ! Fallait-il que je fusse jeune alors et naïf malgré que j'eusse traversé déjà bien des aventures ! Et le suis-je resté, malgré bien d'autres, puisque le message de Mazurier m'a fait mal à une portion de mon cœur, celle qu'embaumait d'un petit parfum subtil la fleur bleue de ce souvenir!... Je voyais toujours la petite Blanche penchée à la portière du wagon où je l'accompagnai le lendemain de cette conversation, et me souriant d'un sourire si ému. Je lisais dans ce sourire la reconnaissance d'une enfant sauvée! Oui, je m'imaginais l'avoir sauvée de la destinée de sa sœur. J'étais assez niais pour avoir chaud à toute l'âme lorsque je me la figurais dans son coin de province, mariée au brave demi-bourgeois que lui avait souhaité cette sœur. Quoique notre correspondance eût cessé dès les premiers trois mois, et qu'elle se fût bornée, de sa part à elle, à deux épîtres monumentales d'enfantillage et d'orthographe, je nourrissais toujours un vague projet d'aller à

Beaumont, près d'Ingrandes, — j'avais retenu le nom du village, — afin de me caresser les yeux et la conscience à l'honnêteté de son mariage et de sa famille. Car je ne doutais pas que la Providence eût béni ma bonne action... Et je vais dîner mardi avec Mme de Saint-Cygne, — de la meilleure noblesse de lit, comme dit Gladys. — Oui, c'est très piquant, ainsi que je l'ai confié à Mazurier, extrêmement piquant, si piquant que j'en ai comme une pointe au cœur et que pour un peu les larmes m'en viendraient, comme à Blanche quand je lui parlais!... Il est plus raisonnable d'éclater de rire, et c'est le parti que je viens de prendre.

SECOND FRAGMENT

Nuit du mardi suivant.

Hé bien! J'en arrive de ce dîner chez Mazurier que j'appréhendais au point d'avoir voulu m'en dégager, non pas une fois, mais dix, mais vingt, depuis ces huit jours. La curiosité fut la plus forte et aussi un autre sentiment. Quel homme ne se serait dit à ma place le « Qui sait ?... » que je me prononçais, — qui se prononçait en moi plutôt, — à l'image de la petite Blanche devenue « une grande » à son tour ? Ce

« Qui sait ?... » n'allait certes pas jusqu'au propos très ferme et très net d'utiliser au profit d'une banale aventure de galanterie frauduleuse le rare souvenir que j'avais gardé de ma protégée d'il y a dix ans et qu'elle m'avait gardé elle aussi. Mais voilà ! Ce n'était plus la fillette de quinze ans devant laquelle j'avais eu honte de seulement remarquer comme elle était gracieuse et troublante dans sa précoce beauté, encore à demi enfantine. Je n'allais plus la trouver dans la chambre d'une morte, ma maîtresse de la veille et sa sœur. C'était une créature de joie maintenant, qui appartenait au premier venu, — à un Machault, ce gladiateur en *smoking*, à un de Brèves, ce cocher du grand monde, mâtiné d'un bookmaker ! — Et si je lui plaisais, si elle me plaisait, pourquoi résister à ce joli caprice auquel le vague sentiment de notre commun et irrévocable passé ajouterait ce fond de mélancolie que les Épicuriens antiques souhaitaient à la volupté ?... Je ne m'avouais pas tout à fait cette peu romanesque idée, mais la preuve qu'elle se cachait bien réellement dans l'arrière-fond sinon de ma pensée, du moins de ma sensualité, c'est que je m'attardai, avant de partir pour l'avenue du Bois-de-Boulogne où loge Muzurier, à tous les raffinements de toilette d'un garçon déjà sur l'autre versant de la colline et qui veut donner l'impression d'être seulement sur le plateau.

— C'est le ridicule que nous avouons le moins, nous autres hommes, et nous le pratiquons, autrement, mais presque au même degré que les femmes, sitôt que nous sommes touchés de la plus vague envie de leur plaire ! — J'allai même jusqu'à dire à mon valet de chambre de ne pas m'attendre passé minuit. Or, je ne joue plus depuis des années. Je n'entre au cercle, le soir, qu'en cas de théâtre. Je n'ai pas de maison amie où m'acagnarder dans un fauteuil depuis que cette pauvre Pauline Raffraye a quitté Paris... Décidément Mazurier avait été bon prophète. C'était bien à un dîner de noces que je me rendais, avec la petite fièvre nerveuse dans la paume des mains de la bonne fortune espérée. C'est le signe auquel je me trompe moins qu'à tous les autres. Il marquait toujours pour moi dans ma jeunesse l'approche d'une femme qui parlait à ma fantaisie, et j'étais si content de le retrouver, ce frisson fiévreux, que je me disais dans la voiture qui m'emportait vers l'avenue du Bois et en riant d'un rire presque gai : — « Décidément on a raison de dire qu'il n'y a pas de bonne action sans récompense... » Et c'était vrai que d'avoir eu ce quart d'heure seulement de renouveau, ces dix à quinze minutes d'un feu follet de plaisir en train de danser autour du point de feu fixe de la cigarette que je fumais dans cette voiture, ç'aurait été de quoi payer, et au delà, ce que j'ai fait pour la petite sœur de la grande Aline... Mais il y a eu mieux que ce feu follet de fantaisie, et c'est ce mieux que je voudrais noter pour les jours d'âcre ironie où l'on a besoin de croire que l'on n'est pas trop dupe de sentir délicatement.

Le dîner était fixé pour huit heures, et il en était à peine sept et demie quand j'arrivai chez Mazurier. Je voulais causer avec lui, que je n'avais pas revu, depuis son invitation improvisée dans le salon du club, savoir quels convives il avait invités, mâles et femelles. Et aussi j'espérais que Mme de Saint-Cygne arriverait de son côté un peu avant l'heure et que nous ne renouerions pas connaissance sous des yeux trop moqueurs ou trop curieux. Ce dernier calcul du moins ne devait pas me tromper... Le valet de pied, en m'introduisant dans le petit salon qui touche à la salle à manger, me dit que Monsieur vient seulement de rentrer et qu'il s'habille. Mais presque aussitôt après m'être assis au coin du feu dans cette pièce que je connais trop pour y être tant venu à des fêtes pareilles, j'entends le bruit d'une voiture qui s'arrête, celui de la porte cochère qui s'ouvre, et voici apparaitre dans le salon une femme en toilette toute blanche. — « Noblesse oblige, « devait-elle me dire plus tard à propos de cette robe de crèpe de Chine garnie de dentelles dont la blancheur se complétait par un magnifique collier de perles roulé autour de son cou et des gardenias piqués dans ses cheveux châtains. Je n'aurais pas su avec qui je devais dîner ce soir que je l'aurais reconnue au premier coup d'œil, — tant elle ressemblait à sa sœur, au Prudhon du restaurant du quai et de la rue Linné, à cette maîtresse d'une nuit dont je n'oublierai jamais la grâce ! Mais le hasard cette fois avait voulu qu'au lieu de tomber sur des étudiants tous plus pauvres les uns que les autres, ce Prudhon-là rencontrât des connaisseurs capables de parer finement sa fine beauté. L'épigramme de sa rivale Gladys me vint à la mémoire : « Sottise et Mâlines... » J'allais vite éprouver, comme me l'avait dit Mazurier, qu'elle ne méritait que la seconde moitié de cette devise, et pourtant j'aurais eu le droit d'être sévère pour elle, car, si je l'avais reconnue, elle, à sa ressemblance avec sa sœur, je crois qu'elle hésitait, — oh! l'éclair d'une seconde, — à me reconnaître, moi. Ce qui prouve ce que je sens trop bien, qu'entre le François Vernantes des visites chez Aline et le François Vernantes debout près de la cheminée dans le petit salon rouge de l'ami Mazurier, bien des années ont passé. Hélas! Si elle avait pu voir le dedans, elle l'eût reconnu moins encore que le dehors! Cependant, son hésitation avait cessé. Elle avait retrouvé le jeune homme d'autrefois dans le monsieur déjà mûri, et elle était auprès de moi et elle me tendait la main en me disant :

— « Que vous êtes bon d'être venu!... Si j'avais osé j'aurais écrit pour vous en remercier d'avance. Mais je suis superstitieuse, et c'est comme au jeu, vous savez, où l'on se répète que l'on perdra pour désarmer la chance. Je me suis forcée à penser : Il ne viendra pas, — pour que vous veniez... Ah ! Que cela me fait plaisir !... »

Elle avait ri, et elle me regardait de ses yeux bruns qui brillaient dans son visage devenu tout rose, tandis que je lui répondais :

— « Comment avez-vous pu croire que je manquerais cette occasion de vous retrouver ?... J'avais gardé de vous un trop charmant souvenir... »

— « Mais c'est à cause de ce souvenir-là que j'avais peur, » dit-elle vivement. Puis regardant le feu devant lequel elle allongea son pied chaussé d'un soulier vernis noir et de bas de soie noire à jours, dont la sombre couleur contrastait d'une manière coquette avec les tonalités blanches de toute la toilette, elle continua sans que je pusse voir ses yeux : « Avouez plutôt que vous m'aviez oubliée ?... »

— « Non, » répliquai-je vivement à mon tour, « demandez à Mazurier... »

— « Peut-être cela aurait-il mieux valu, » continua-t-elle d'une voix grave. « Avouez alors que vous ne vous attendiez pas à me retrouver ainsi ?... »

— « Non, » répliquai-je encore, mais après un temps. A ce moment-là j'appréhendai qu'elle ne voulût me raconter son histoire. Je la devinais trop bien et je ne me souciais guère d'en avoir l'affreux détail, du moins si vite. Je me trompais. Elle releva sa tête mutine, elle me regarda de nouveau, et avec un sourire qui me rappela les souplesses si gracieuses de la morte.

— « Savez-vous que je vous ai écrit quand *ç'a été fait ?...* Je voulais vous revoir dès ce temps-là... Et puis je n'ai pas osé non plus, » et en montrant ses jolies dents et haussant ses épaules devenues si pleines et restées si fines, « à cause de l'orthographe !... » Et elle rit davantage encore. « Ah ! Comme on est bête de se priver de ce qu'on désire tant !... » Et tirant brusquement son gant de Suède qui vint tout entier, elle me montra passé au petit doigt de sa main gauche et tout modeste à côté des saphirs, des perles et des rubis des autres bagues, le serpent d'or que je lui avais apporté dans ce jour de l'An déjà si lointain. « Il ne m'a jamais quittée... » dit-elle. Je les lui pris, ces doigts si frêles, et j'y mis un baiser. Je sentis cette petite main passionnée s'appuyer sur ma bouche et nous nous regardâmes de nouveau avec un de ces silences comme il en passe quelquefois entre un homme et une femme, plus brûlants que les plus brûlantes paroles, et c'est à cette minute que Mazurier entra dans la chambre. Il était venu par la salle à manger en soulevant la portière, en sorte que nous ne nous aperçûmes de sa présence qu'à l'instant où, debout auprès de nous, il mit ses deux mains sur nos têtes, et avec la plus comique de ses intonations :

— « Mes enfants, » dit-il, « je vous bénis... »

Et il accompagna ces paroles d'un baiser sur l'épaule à demi nue de Blanche qui le frappa de son éventail en poussant un petit cri et en disant :

— « Mon oncle !... Tu seras donc toujours familier et insupportable ? »

— « Je n'ai pas droit à ma *bedide gommission ?* » demanda-t-il, en contrefaisant une voix d'usurier allemand.

— « *Hé pien ! Baie-doi une vois bour doudes, et gu'on n'en barle blus !...* » fit-elle gaiement en tendant l'autre épaule à notre complaisant ami qui l'embrassa de nouveau, tandis que je lui disais :

— « Voyons, Mazurier. Si vous nous racontiez plutôt avec qui vous allez nous faire dîner ?... »

— « Il est déjà jaloux ! » fit-il en s'adressant à Blanche. « Vous savez, » continua-t-il avec solennité, « je vous permets de vous aimer. C'est de votre âge. Faites toutes les folies que vous voudrez, mais pas de bêtises... Ma nièce, songe à ta position... Et vous aussi, mon neveu, » ajouta-t-il en se tournant vers moi. Et, ma parole d'honneur, il était sérieux et sincère dans cette bouffonne recommandation ! Puis, répondant à ma demande : « Vous voulez le menu des convives ? Hé bien ! Il y aura Colette Rigaud d'abord. »

— « Et Salvaney ? » interrogea Blanche.

— « Léona d'Asti... »

— « Et Mainterne? » fit de nouveau Blanche.

— « Gladys Harvey. »

— « Et de Vardes? »

— « André Mareuil. »

— « Et Christine Auroux? »

— « Non, » dit Mazurier, « pas Christine. »

— « C'est dommage, » conclut Blanche en achevant de remettre son gant. « C'eût été un joli lot de faux-ménages. Ça t'aurait fait le pendant de ton dîner de l'autre soir... » Et se tournant vers moi : « Imaginez s'il en a du vice!... Il y a juste une semaine, il nous a toutes eues à dîner ici avec nos époux légitimes : de Brèves et moi, Gladys et Figon, Léona et Audry, Christine et Casal, Colette et Claude Larcher!... Et cette fois, tout à la main gauche! Ah! Mon oncle! Mon oncle! — Bon, voilà Gladys. Bonjour, ma belle! »

— « Bonjour, Tendresse et Malines, » répondit la nouvelle arrivante, qui fut presque aussitôt suivie d'un autre des convives, puis d'un autre, et, à huit heures, « heure culinaire, » comme dit notre hôte qui a trop la coquetterie de sa cuisine pour jamais attendre, nous étions tous assis autour d'une table adorablement garnie de chrysanthèmes jaunes, tout échevelés, avec des éclaboussures de points roux, — de l'or sur lequel il aurait saigné, presque un symbole! — Et le dîner commençait.

J'étais naturellement à côté de Blanche d'une part et j'avais de l'autre côté Philippe de Vardes qui était lui-même le voisin de Colette. Mazurier avait fait asseoir Mareuil en face de lui, « en leur qualité de célibataires, » avait-il dit, et les deux autres couples étaient placés aussi de manière à ce que les maitresses fussent séparées des amants. Cette savante combinaison nous assurait, à ma voisine et à moi, toutes les facilités de l'aparté au milieu du tohu-bohu d'une causerie générale qui, surexcitée par le champagne demi-doux, — le seul que les femmes boivent avec plaisir, — éclata bientôt en fusées de mots et de rires. En toute autre occasion, je m'y fusse mêlé avec d'autant plus de plaisir qu'il y avait là pour faire la partie de raquette deux des conversationistes les plus inventifs que je connaisse dans la bohème galante et littéraire, Gladys et Mareuil. Mais je n'avais pas l'esprit à la causerie. A dix ans de distance, je me sentais envahi par la même sorte d'ensorcellement qui avait émané pour moi des moindres gestes d'Aline, la première et la seule fois que j'eusse été assis à table à côté d'elle. Ah ! Que c'était bien le même être dont la jambe frôlait la mienne, dont je regardais les joues creusées sourire voluptueusement, les yeux briller tour à tour et s'alanguir, dont la grâce passionnée et délicate recommençait de faire courir dans mes veines la même brûlure de désir ! Certes le décor était bien différent. Le luxe solide et fastueux de Mazurier, l'éclat de l'argenterie et des cristaux, l'opulence des tapisseries, la tenue des domestiques et celle des convives n'avaient rien de commun avec le pauvre meuble usé du restaurant du quai, ses glaces rayées et le débraillé de ses hôtes d'alors. Et pourtant le fond d'existence révélé par la conversation était bien le même. Si Gladys secouait autour d'elle les souplesses parfumées d'une toilette rose de chez Doucet, elle n'en pleurait pas moins misère en racontant que la mère du Sire de Figon le lésinait sur ses menus plaisirs.

— « Ils sont pourtant si menus, » disait-elle en bouffonnant... — Et je me souvenais des plaintes d'une de nos compagnes d'il y a dix ans sur le peu de générosité de « la paternelle » de son amant ! — Si Léona d'Asti, en toilette jaune, portait aux oreilles des perles de dix mille francs l'une, elle n'en montrait pas moins une âme de fille, stupidement sensible et falote, et parlant d'une pièce de théâtre imbécile où elle avait pleuré :

— « Ah ! » disait-elle. « C'est si frais, si honnête, si gentil !... Comme ça repose !... » Et elle tournait vers Mainterne son œil noyé de vieille soupeuse avec un regard extasié de génisse sentimentale, qui me rappelait celui de la payse d'Aline nous vantant le talent de chanteuse du joli Prudhon et n'y comprenant rien ! — Et Colette, malgré son talent, mettait à démolir une de ses collègues de théâtre la même brutale et mesquine envie de grue jalouse que j'avais pu constater dans ce souper d'autrefois, comme dans tous ceux que j'ai faits avant ou depuis avec des créatures ! — Et la « petite sœur de la Grande Aline » paraissait aussi étrangère que jadis sa sœur aux vilenies de ce milieu, qui était le sien pourtant, et, tout en dégustant avec gourmandise, par petites cuillerées, une merveille de potage, appelé sur le menu crème, — je ne sais plus de quoi, — elle me disait avec le sourire de *l'autre* :

— « Vous souvenez-vous de la soupe aux poireaux et aux pommes de terre que vous avez méprisée ?... » Et elle mimait son geste d'alors, et elle tendait, comme pour soutenir l'assiette trop pleine, ses mains qui, elles aussi, étaient bien changées, et j'apercevais, dans un mirage démesurément vague et inaccessible, les doigts gourds et rouges de la demi-servante de la rue Linné devenus ces bijoux de doigts, ivoirins et fuselés, ces blancs objets aux ongles si roses, que j'avais dévotement baisés tout à l'heure, et je lui répondais :

— « Je crois bien que je me la rappelle ! Et votre petit soulier du coin du feu ! M'avez-vous intrigué dès ce moment ! »

— « Vous n'auriez pas cru que l'on pouvait être si innocente dans ces conditions-là ?... N'est-ce pas ?... Je l'étais pourtant, je vous le jure. Ah ! comme je l'étais ! » Et fixant dans l'espace un point imaginaire : « Comment cela se faisait-il ?... Je ne le comprends pas moi-même aujourd'hui... Je voyais les choses. Vraiment c'était comme si je ne les voyais pas... Ce n'est qu'à la mort d'Aline et en lisant les lettres qu'un peu de lumière s'est faite, et puis lorsque vous m'avez parlé... Vous savez, quand on est tout à fait, mais tout à fait sage, on est comme une somnambule... Je me suis rattrapée depuis... »

Était-elle gaie, était-elle triste en jetant ce mot avec un hochement de sa spirituelle et folle tête ? Mais moi-même étais-je gai, étais-je triste, — gai de respirer, comme je faisais, l'adorable arome de volupté qui l'environnait, — triste de la comparer à ce que j'avais souhaité qu'elle devînt ? Et je voulus l'interroger, nous sentant, elle en humeur de me parler dans sa libre sincérité, et moi en humeur de l'entendre sans trop m'énerver.

— « Mais quand vous êtes retournée à Beaumont ?... »

— « Tiens ! » dit-elle en m'interrompant, « vous vous rappelez le nom du village. Que c'est gentil à vous ! » Et elle me caressa la main des plumes de son éventail, si doucement que je ne pus m'empêcher de fermer les yeux, et mon pied, instinctivement, chercha son pied sous la table. « Non, » fit-elle tout bas en se retirant et avec une expression singulière dans ses yeux bruns, « ne me gâtez pas ma jolie minute... » Puis, voyant dans mes yeux à moi un regard qu'elle interpréta mal : « Vous me ramènerez ce soir, » me dit-elle plus bas encore, « mais je ne voudrais pas que ce fût comme c'est toujours... »

— « Vous avez raison, » lui dis-je, et en riant, « mais il ne faut pas tenter le pauvre monde... Nous en étions à Beaumont?... »

— « Vous voulez me confesser? » fit-elle. « C'est si simple, — si simple et si triste... Ma pauvre sœur avait cru bien faire en me retirant de la campagne... Elle n'avait pas réfléchi que l'on ne revient pas à une vie, quand on en a connu une autre... Je passai deux ans à essayer de me reprendre à notre chez nous... Mon Dieu! Oui. Deux ans! Si j'avais eu quelqu'un là pour me parler comme vous m'aviez parlé!... Mais maman était un peu dure. Elle m'en voulait de ne pas m'être placée à Paris à la mort d'Aline. Mon père ne rentrait pas toujours bien droit. Pauvre cher homme! Il faisait le voiturier entre Ingrandes et Beaumont. En hiver il faut bien se réchauffer et en été se rafraîchir, et quand il avait bu il lui arrivait de taper ferme. Mon frère... mais j'aime mieux ne pas en parler. J'ai compris que c'était le principal motif pour lequel Aline avait voulu m'avoir auprès d'elle... Enfin tout était bien dur, au dedans et au dehors... Il est venu, pendant les secondes vacances après mon retour, un étudiant que j'avais rencontré au Quartier. Alors le temps passé s'est fait trop présent, et quand ce garçon est parti à la rentrée, je suis partie avec lui. Je vous ai dit, j'ai voulu vous écrire alors... Enfin, parlons d'autre chose. Je me mettrais à pleurer et j'aurais les yeux rouges, ce qui n'est joli que chez les lapins russes... Quoique, après tout, si je n'avais pas suivi l'étudiant, je ne serais pas ici à dîner avec vous et à manger ces filets de barbue qui sont exquis... Ah! mon oncle! » dit-elle en interpellant Mazurier : « Quel dîner, ce soir ! J'irai à la cuisine faire mes compliments à Rose... »

L'étrange fille ! Et qu'elle était bien la sœur de celle qui coquetait sur son lit de mort avec la camomille et les cataplasmes ! Car voici qu'après m'avoir montré une nuance si fine de sentiment, puis m'avoir raconté sans déclamation cette histoire d'une sinistre mélancolie, elle se prit à se mêler à la conversation générale et à raconter avec une verve endiablée une anecdote d'une plus sinistre indécence. Voulait-elle s'étourdir pour ne pas penser aux misères que représentait sa destinée ? Et elle ne m'en avait dit que le début ! Y avait-il en elle, à côté du coin de romanesque qui lui rendait chère la mémoire de ses délicates relations avec moi, — son seul souvenir entièrement pur peut-être, — ce goût de la « noce », qui fait le fond même de la nature-fille, dans le monde aussi bien que dans le demi-monde ? Désirait-elle m'éprouver, et voir si elle me dégoûterait ou m'attirerait par cette poussée soudaine dans les brutalités de son métier? C'est ce que je ne sais pas encore, même après la scène qui termina ce dîner et cette soirée, tout en contrastes semblables et dont le symbole fut une espèce de menuet à deux personnages qu'elle imagina de danser avec Gladys Harvey pour partenaire, dans le hall d'en haut, tandis que nous fumions, au sortir de table... Philippe de Vardes, qui touche du piano délicieusement, s'était mis à faire le tapeur. Tout le monde avait plus ou moins valsé, polké ou quadrillé, excepté Mareuil et moi qui philosophions sur un divan, lui du moins, car je l'avais surtout écouté, sans pouvoir vaincre le malaise que me donnait cette créature qui parlait à la fois à mon désir et à mon regret, à ma volupté et à ma pitié, et, par moments, devenue toute pâle à mesure que la soirée avançait, elle m'infligeait, dans sa toilette blanche, une sensation de fantôme, tandis qu'à d'autres moments l'ironie du respect que j'avais eu pour sa quinzième année me faisait sourire. Et voilà que ce même de Vardes

ayant par une gaminerie de fantaisiste joué un air ancien, — un air d'épinette, tout cristallin, frêle, mince et tendre, — en l'entrecoupant de phrases de bastringue, voilà, dis-je, que Blanche et Gladys se mettent à leur tour à danser les danses appropriées à l'un et l'autre de ces airs. Il continue. Elles continuent... La fine mélodie du XVIIIe siècle chante et sautèle, et les deux jeunes femmes s'avancent l'une vers l'autre, les côtés de leurs robes relevés en paniers de la pointe de leurs doigts, avec des grâces de marquises et des sourires de minauderie sentimentale sur leur joli visage... La musique change : les notes d'un ignoble chahut courent sur le piano, et les deux filles se déhanchent soudain comme des gourgandines de bal public. Leurs jambes volent en l'air, montrant leurs bas de soie, roses pour l'une et noirs pour l'autre, et de la soie molle, et de la batiste, et des jarretières brodées comme des colliers, et en même temps leurs yeux brillent d'un feu de crapule, leurs délicats visages s'encanaillent, —

pour marivauder de nouveau avec une reprise de la ritournelle du vieux et romanesque menuet... Et tous nos amis d'applaudir, tandis que, se jetant sur le canapé, auprès de moi, Blanche me disait en s'éventant :

— « Descendez et attendez-moi au coin de la première rue à droite, pour que l'on ne sache pas que je vous emmène... Je vous prendrai dans ma voiture avant un quart d'heure... »

— « Et vous ne partez pas avec elle ? » me dit Mazurier avec une réelle tristesse, en me reconduisant quelques minutes plus tard... « Je comprends... Elle aura eu peur que Gladys ne la vende à de Brèves !... Elles se détestent. J'aurais dû y penser... Ah ! c'est ma faute. Mais vous avez pris un rendez-vous ?... Non ? Allons, c'est une fête à recommencer... »

Je quittai cet excellent ami sans essayer de dissiper ce bizarre remords professionnel. Il mettait une note gaie dans cette fin de soirée que ce rendez-vous après cette

danse avait achevé de me rendre trop troublante. En faisant les vingt pas sous les arbres de l'avenue, à l'angle de la rue désignée, je revoyais toujours ce gracieux menuet coupé d'ignobles déhanchements. Que Gladys et Blanche se détestassent en se souriant, s'embrassant et se tutoyant, c'était une petite misère dans une grande ! Mais toutes les deux valaient mieux que cela, mieux que leur vie. Comme pour Aline, il y avait eu chez elles un contraste trop dégradant entre leur fine nature et leur triste sort. C'était comme le pas de cette destinée qu'elles avaient dansé devant nous avec les contrats des deux mariages ! Je me trouvais bien ridicule d'être envahi par une détresse de cet ordre quand il ne tenait qu'à moi de passer quelques heures délicieuses avec une créature si amoureusement belle et de qui j'avais dû être le coin de roman durant toute sa jeunesse. Mais les impressions ne se discutent pas et c'était celle-là que je subissais. La phrase que Blanche m'avait dite en retirant son pied : « Ne me gâtez pas ma jolie minute... » me revenait à la pensée et il me semblait que je me préparais en effet à gâter quelque chose de plus précieux et de plus rare qu'une jolie minute : — un joli et délicat souvenir. Que de fois, à travers les avortements et les dissipations de ma folle existence, m'était-il arrivé d'évoquer les yeux de la « petite sœur » à la portière de son wagon, et que je m'étais aimé d'avoir respecté le sentiment que cette enfant sans défense avait conçu pour moi ! J'aurais pu prendre, sur ses lèvres de vierge encore ignorante, son premier baiser d'amour. Je ne l'avais pas pris, bien que mes lèvres à moi fussent frémissantes aussi de désir, — comme on ne cueille pas une rose pour ne pas la flétrir. Et maintenant !... Ah ! maintenant, la rose était cueillie, sinon flétrie, elle avait été respirée par bien d'autres ! Était-ce une raison pour ne pas en savourer moi-même le voluptueux épanouissement ?... D'ailleurs, il était trop tard pour reculer. Un coupé attelé de deux fringants chevaux s'arrêtait au coin de l'avenue. Une tête apparaissait au carreau.

Une petite main m'ouvrait la portière. J'étais dans la voiture de Mme de Saint-Cygne qui déjà avait dit à son cocher :

— « A la maison !... »

... Les chevaux étaient partis. Nous avions déjà descendu toute l'avenue du Bois et tourné l'Arc de Triomphe, et nous n'avions pas prononcé un mot. J'avais pris la main de Blanche dans la mienne et je la regardais. La ressemblance avec sa sœur, fantastique à ce moment-là jusqu'à l'identité, était d'autant moins faite pour dissiper l'espèce d'angoisse qui m'avait étreint à entrer dans ce coupé empli d'un parfum trop fort, qu'elle avait elle-même dans les yeux l'ombre d'une angoisse toute pareille à la mienne... — Quel enlèvement et quelle bonne fortune ! — Quoique je ne sois guère coutumier de cet imbécile amour-propre masculin qui n'admet pas de tels tête-à-tête, surtout avec de telles femmes, sans les familiarités obligées, j'éprouvai une soudaine impression de ridicule qui me fit passer mon bras autour de la taille de ma compagne, — par devoir, si je peux dire ! Et l'attirant vers moi, je lui donnai sur la bouche un baiser, qu'elle ne me refusa pas. Elle ne me le rendit pas non plus. A travers ses lèvres entr'ouvertes, et qui ne se fermèrent pas, je sentis sous mes lèvres, à moi, la froideur de ses dents serrées. L'ombre de ses pensées se fit comme plus épaisse encore dans ses yeux. Cependant, au lieu de retirer sa tête, elle la posa sur mon épaule en disant :

— « Comme cela… Laissez-moi un peu comme cela… » Puis, à voix basse : « Vous rappelez-vous la dernière fois que nous étions en voiture ensemble ?… »

— « C'était pour aller à la gare d'Orléans, » répondis-je en continuant tout haut sa pensée, qui était à cette seconde précisément la même que la mienne.

— « Mon Dieu ! » dit-elle, « j'ai eu tant envie alors de me mettre ainsi et je n'ai pas osé… »

Elle se tut et ses paupières s'abaissèrent comme si, à la vision qu'elle avait maintenant devant ses yeux, elle voulait en substituer une autre, celle de l'enfant qu'elle avait été, si ingénument amoureuse du jeune homme romanesque et scrupuleux que j'étais alors.

Nous n'échangeâmes plus un mot jusqu'à la rue de Prony, où elle demeure. Toutes les sensations complexes de ma soirée se fondaient maintenant en une mélancolie à la fois douce et navrée. Je continuais à lui tenir la taille, et ce sentiment d'une profanation presque sacrilège s'emparait de moi davantage et davantage à chaque tour de roue. Qu'arriverait-il si je la traitais comme j'eusse traité une quelconque des créatures rencontrées chez Mazurier dans les mêmes conditions? Ces minutes-ci étaient encore délicieuses. Mais les autres, celles qui allaient suivre? Je nous voyais entrant dans sa chambre à coucher, luxueuse d'un luxe que je devinais infâme, — et tout le reste, et aussi la disparition à jamais de ce je ne sais quoi de si particulier tout ensemble et de si humain, de si tendre et de si triste, qui nous liait pour toujours d'un certain lien... Et ce ne fut pas un raisonnement, ce ne fut pas un effort, ce fut un instinct qui me fit, lorsque le coupé s'arrêta et que nous descendîmes, répondre comme je répondis à son presque contraint :

— « Montez-vous?... »

— « Non, » et je répétai : « Non, petite sœur!... »

Elle me regarda. Une expression d'une infinie reconnaissance remplaça sur son charmant visage la contraction volontaire et morne de tout à l'heure. Et avant que je ne pusse me défendre, elle prit ma main, comme autrefois quand je lui avais donné la bague, et elle me la baisa en me disant :

— « Ah ! merci ! »

Y a-t-il une bonne fortune qui vaille cette sensation-là ? Je me suis répondu non ce soir en revenant tout seul et à pied de cette maison derrière laquelle j'ai vu disparaitre Blanche sans la suivre... Que me répondrai-je demain ? Cela dépendra de mes nerfs. Mais il y a longtemps que je n'avais pas été aussi content de moi et d'un être vivant, — et il est si difficile, comme a dit je ne sais plus qui, d'être content de quelqu'un !

Cannes. *Décembre 1892.*

Achevé d'imprimer

le dix-neuf mai mil huit cent quatre-vingt-treize

PAR

ALPHONSE LEMERRE

25, RUE DES GRANDS-AUGUSTINS, 25

A PARIS

2.-1831

Volumes in-32, illustrés de gravures sur bois, imprimés sur papier vélin.

Chaque volume : 2 francs.

PAUL BOURGET : *Un Scrupule* . . . 1 vol.
Illustrations de Myrbach.

FRANÇOIS COPPÉE : *Rivales*. . . . 1 vol.
Illustrations de Moisand.

EN PRÉPARATION

A. DE MUSSET : *Frédéric et Bernerette*. 1 vol.
Illustrations de Myrbach.

ANDRÉ THEURIET : *L'Abbé Daniel*. 1 vol.
Illustrations de Jeanniot.

MARCEL PRÉVOST : *Le Moulin de Nazareth*. . . . . 1 vol.
Illustrations de Myrbach.

A. DE MUSSET : *Le Fils du Titien*. 1 vol.
Illustrations de Chabas.

PAUL BOURGET : *Un Saint*. . . . . 1 vol.
Illustrations de Chabas.

VICTOR HUGO : *Le Beau Pécopin*. . 1 vol.
Illustrations de H. Pille.

Paris. Imp. Lemerre, 25, r. des Grands-Augustins.

www.ingramcontent.com/pod-product-compliance
Ingram Content Group UK Ltd.
Pitfield, Milton Keynes, MK11 3LW, UK
UKHW031909260826
14628UKWH00003B/1091

9 782329 591612